[美] 霍瑞修·爱尔杰 著

刘楠 译

迪克的新衣
Dike de xinyi

擦鞋童的成才之路

百花洲文艺出版社
BAIHUAZHOU LITERATURE AND ART PRESS

目 mulu 录

第 1 章

穿破衣服的迪克

只听到有个沙哑的声音喊道："小混蛋，还不赶快给我爬起来！"

穿破衣服的迪克迷迷糊糊地睁开眼睛，看了看叫他的那个人，然后又把眼睛闭上了。

那人看见他又闭上眼睛就有些恼了："你还睡啊，懒惰的流浪汉！要是不叫你的话，你看来会在这儿睡一天呢。"

迪克闭着眼睛问："现在是几点啊？"

那人不耐烦地回答："已经7点了。"

"什么？天啊，已经7点了，6点我就应该起来了啊！都怪我，鲍威利那地方昨天晚上是真不该去，竟然还玩了那么久。"

"你昨天晚上到鲍威利去了？你怎么还有钱到那里啊？"叫醒他的那个人问道，他在斯普鲁斯大街的一家商行做车夫。

"是我擦皮鞋挣到的钱啊！没有人给我钱去看戏，没办法只有自己挣啦！"迪克回答。

"哦，原来是这样的啊，人家别的孩子可不会这么辛苦，他们同样也能弄到钱的。"车夫别有用心地说。

"我听出来了，你说我的钱是偷来的？但是你没有抓到我在偷别人钱啊？"

"你敢发誓说自己从来没偷过东西吗？难道我说你的钱是偷来的，不对吗？"车夫质问道。

"我从来都没偷过，我根本不会那么做的！我虽然管不了别人去偷东西，但是至少我不会去做小偷的。"

"迪克，你能这么说我很高兴。我现在也相信你是个好孩子了。"

"是的，虽然我没有钱，但那么无耻的事情我是肯定不会干的。"

"你能这么想我真的很高兴，迪克，挣到钱没有啊？今天早上你还没有吃饭呢！"车夫的口气柔和了许多。

"是的，不过没关系的，我很快就能挣到钱的。"

迪克说完，然后从自己的"床"里面爬了出来。那是一个装满了干草的木头箱子，一到晚上，迪克就会钻到自己这个舒适的床上呼呼大睡。

当然，由于他睡觉不用脱衣服，所以起床也很快。只见他跳下"床"，伸了个懒腰，然后从衣服的破缝里拔出了几根干草，又戴上帽子，然后一天的工作就开始了。

现在让我们看看迪克奇特的样子吧：裤子露着大洞，而且还比迪克本来的还要大两号。一件只剩下两个扣子，而且看上去至少一个月没洗过的背心穿在身上。一件不知从哪儿捡来的大衣长长地拖到了地上，看样子也已经有好多年了。

人们通常都会在早上起床之后洗洗脸什么的，可迪克并不买这些礼节的账。他觉得脸上有些脏有什么关系呢？要是迪克把自己收拾干净一点，再配上好衣服的话，他的确称得上是个"美男子"。而且迪克他为人直爽，很讨人喜欢。

现在我们的小主人公已经开始上班了。当然，迪克没有办公室。他的全部办公用品（一个小小的擦鞋箱）也都是随身携带的，他觉得这样方便自己随时开始工作。

迪克睁大了眼睛，努力在寻找着自己的目标，他向路过的男士打着招呼："先生，来擦擦鞋吗？很便宜的！"

"很便宜？是多少钱啊？"有人开始问价了。

"只需要10美分就可以了。"迪克说完，放下箱子，蹲在地上，用一副很老练的样子拿出了鞋刷。

"要10美分啊！有些贵了吧？"

"先生，这可不算贵的，我的服务不仅包您满意，而且您想啊，鞋油和刷子都是需要花钱的。"迪克已经开始干活了。

"是的，你说得很对，你的房租还需要付钱呢，对吧？"这位先生跟迪克开玩笑说。

"对啊，先生，您也知道的，第五大道的房租是很贵的，要是您不给10美分的话，我都交不起房租啦！不过您放心吧，我会给您擦得很好的。"迪克已经无所谓了。

"你擦快点吧，我也正在赶时间，很着急的。哦，你刚才说你住在第五大道？"

"是啊，我还能去哪住啊！"迪克说。

这位先生看着迪克的大衣说："那你经常到哪家服装店做衣服啊？"

"我觉得不会是您经常去的那家的，先生。"迪克回答。

"我敢肯定，不是我经常去的那家。他们好像没有给你量好尺寸。"

"哦，您是在说我穿的这件吗？我告诉您啊，它可了不得，它是华盛顿将军以前穿的呢，将军在去世的时候交代他的部下，这件衣服一定要交给那些没衣服穿的机灵鬼，就这样它传到我这儿了。如果您喜欢的话，我就按照华盛顿将军的遗愿，把它送给您，怎么样？"迪克俏皮地说。

"谢谢了，我可不稀罕这玩意儿！那你的裤子也是华盛顿将军的吗？"那人又问。

"哦，裤子啊，裤子不是他的，裤子是刘易斯·拿破仑作为礼物送给我的。他个儿长高啦，穿起来太小了，所以就把它送给我了，您也知道的，他块头比我大多啦。"

"这样啊，你还真交了不少大人物啊！好了，小伙子，来，钱给你吧。"

"好的，谢谢您！"迪克说。

这位先生摸了摸自己的口袋说："零钱没有了，你可以找开吗，小伙子？"

迪克摇了摇头说："现在我身上一分钱也没有，钱都投给伊利铁路公司了。"

"那真是太不巧了啊！"

"需要我帮您去换零钱吗，先生？"

"只能这样了，不过你要快点，我还有很重要的约会。这样好了，你先拿着这25美分，换成零钱以后，你把剩下的钱送到我的办公室里吧。"

"好的，先生。但是您的办公室在什么地方呢？"

"我不知道你能不能记住，就在富尔顿大街125号。"

"当然能记住了，没问题的，先生。请问怎么称呼您？"

"哦，那就好，我的办公室在二楼，我叫格莱森。"

"好的，先生，我记住了。您放心，我一定会把钱送到您的办公室。"

"哼，对这个啊，我可没抱什么希望，不过他要是真送来的话，以后我就经常让他擦鞋。他要是不送的话，也就15美分，没什么的。"格莱森先生自己嘟囔着走了。

其实格莱森先生是不了解迪克。迪克也经常骂人，也会拿那些乡下来的新"同行"开玩笑，还会故意给那些问路的家伙指错路。记得有一次他把一位想去库伯协会的牧师指到了监狱的坟地，而且他还悄悄跟着人家，一直到看到这位可怜的家伙走到监狱的门前，哀求门卫让他进去的时候，迪克才高兴地回去了。

"哈哈，我想，他就是进去了，也不会在里面长住的。"穿破衣服的迪克提了提开始下滑的裤子觉得特别好玩。

迪克虽然没钱，但是他也很奢侈。因为他特别勤快，如果他好好把挣来的钱积攒起来的话，那么他的生活会好过很多。说实话，别看有些人穿得很体面来擦鞋，其实他们还没有迪克的工资高呢。可关键是，迪克是个大方的人。他挣来的钱是怎么花的，恐怕连他自己也不知道。是的，无论白天他挣到多少钱，到晚上他就会把它全花干净。他很喜欢去鲍威利剧院看戏，还经常光顾托尼·帕斯托俱乐部，如果还剩一点钱没有花完的话，他就会再叫上几个朋友一起去吃焖牡蛎。

另外，迪克还有抽烟的习惯。这可是一笔不小的开支，别看他穿衣服不在乎，可是他对抽烟很讲究，从来都不抽便宜货。而且他款待其他伙伴的时候还经常把雪茄分给他们。他的这个行为当然受到了伙伴们的欢迎。

除此之外，迪克还到巴克斯特大街的一个著名赌坊。每天晚上一些未成年的赌徒就会聚在这里，用他们辛苦一天挣来的钱赌博，虽然他们通常都是会输的，但他们还不时地用2美分一杯的廉价酒让自己保持着兴奋和刺激。迪克有时候也会用自己当天剩下来的钱赌上几把。

我已经介绍了迪克的很多缺点，因为我希望读者们能够理解他。我并不认为迪克是男孩中的模范，不过他也有很多优点。他对人坦诚率真，有男子汉气概，也很自立。他高尚的个性弥补了他的坏毛病。我希望读者们既能够看到迪克所有的缺点，又能够

和我一样喜欢迪克。迪克虽然只是一个小小的擦鞋匠，但是他仍然有一些地方值得我们学习和效仿。

目前，穿破衣服的迪克我已经客观地向读者们介绍了，接下来，我们就和迪克一起去经历他的冒险故事吧。

迪克在给格莱森先生擦完皮鞋以后，又幸运地找到了另外三个顾客，有两个人都是在位于斯普鲁斯大街和印刷厂广场拐角处的崔波恩公司遇上的。

当迪克给最后一个顾客擦完皮鞋时，市政厅的大钟指向了8点，他从起床后就一直干到了现在，于是他很自然地想起吃早餐。他走到斯普鲁斯大街的尽头，拐进了拿骚街。再走过两个街区，来到安尼大街，在这条街上，有一家小餐馆很便宜的，迪克在这里花了5美分叫了一杯咖啡，另外叫了一盘10美分的牛排外加一盘面包，然后就坐在一张桌子旁边。

小餐馆里只有几张简陋的桌子，桌子上也没有铺桌布，因为来这里吃早餐的顾客都是些毫不挑剔的客人。迪克的早餐很快就端来了，这里的咖啡和牛排都与戴尔莫尼克那样的大餐厅没法相比。尽管迪克挣的钱也够他去高级餐厅里面奢侈地吃顿早饭，但他身上的这副打扮估计连餐厅的大门也不会让他进的。

正要动手吃早餐的迪克，抬头看见一个跟他一样大的男孩在门口站着，眼巴巴地望着餐馆里面。他的名字叫约翰尼·罗兰，和穿破衣服的迪克一样，都是14岁的街头擦鞋匠，而且他们穿的也都差不多。

迪克切着自己的牛排问："约翰尼，你吃过早餐了吗？"

"我还没有呢。"约翰尼回答。

"那还不赶快进来啊？这里现在还有位子。"

"可是，我今天还没挣到钱哪。"约翰尼有些羡慕地看着自己的这位朋友说道。

"难道你今天连一双鞋都没有擦到吗？"

"不是的，我也擦了一双，但钱还要等到明天才能拿到。"

"那你现在饿吗？"

"当然饿了，可是那又有什么办法啊。"约翰尼有些无奈地说。

"哦，是这样啊，那你就进来吧，今天早上我请客。"迪克痛快地说道。

约翰尼·罗兰也很高兴地接受了迪克的邀请，很快地坐在了迪克的旁边。

"约翰尼，你说说想吃点什么。"

"我想要和你一样的吧。"

"好的，再来一杯咖啡，一盘牛排。"迪克向服务员叫道。

咖啡和牛排很快端上来了，约翰尼立刻狼吞虎咽地吃起来。

　　其实，擦鞋和其他高级职业一样，也需要积极和勤奋，而消极和懒惰总会遭受惩罚。迪克在揽擦鞋活儿时既积极又机灵，而约翰尼却不这样。结果呢，迪克挣的钱就可能是约翰尼的三倍。

　　迪克看着约翰尼熟练地啃着牛排就问道："你觉得这里的牛排怎么样？"

　　"它太块大了。"

　　我并不认为"块大"这个词在词典里面能够找到，但是这些男孩子却能很快明白它是什么意思。

　　"迪克，你经常来这儿吃饭吗？"

　　"是啊，几乎每天都来吧。你最好也能来这里，这儿还算不错的。"

　　"是的，我也很想来，可我就是没钱。"

　　"不对吧，我觉得你这点钱还是应该付得起的呀，这到底是怎么回事呢？"

　　"迪克，我可不像你能挣到那么多钱啊。"

　　"那我觉得是你工作不努力罢了，要是你努力去做的话，你也会挣到很多钱的。我找活儿的诀窍就是睁大眼睛去寻找目标，如果你太懒了，当然就挣不到钱了。"

　　约翰尼对这个忠告一时还找不到合适的应答，他也许认为迪克说得有点道理。而且他正在享用这顿免费的早餐，如果因说错话而断送了早餐，那可就有些得不偿失了。

吃完早餐后，迪克也把账结了。然后，他们就一起走到了大街上。

"约翰尼，你现在打算去哪儿？"

"我到斯普鲁斯大街的泰勒先生家，去看看他是否需要擦鞋。"

"你经常去给他擦鞋吗？"

"是的。他和他的合伙人几乎天天都需要擦鞋。那你要到哪儿去呢？"

"我就直接到阿斯托大厦前面去转转。我想在那儿我会找到一些顾客的。"

就在这时，约翰尼突然惊慌地躲到旁边的一个门背后，这把迪克吓了一跳。

"你在干吗，约翰尼？怎么跑那里躲着呢？"迪克问。

"你快帮我看看，他走了吗？"约翰尼躲在里面惊慌道。

"你说的是谁啊，你想知道谁走了呢？"

"就是那个穿棕色大衣的男人。"约翰尼仍然紧张地说。

"你为什么那么怕他呢？那个男人到底怎么了？"

"他以前把我带到了一个地方。"约翰尼惊恐地说。

"他把你带到哪里了啊？"

"那是一个很远的地方。"

"他把你带到那里想让你干什么呀？"

"没过多长时间我就逃跑了。"

"你不喜欢在那个地方吗？"

"是的，我很讨厌那个地方。那儿是一个农场，每天都起得很早，通常5点钟我就要起床去照顾那些奶牛。我最喜欢的还就是纽约城。"

"那你吃饭的时候他们能让你吃饱吗？"迪克看着约翰尼说道。

"哦，这个倒没什么，有很多吃的。"约翰尼嘟囔了两句。

"你在那里有床睡觉吗？"

"睡觉的床倒是也有。"

"那我觉得你最好还是留在那里。你在这儿又没吃的，又没睡的。你昨晚睡在什么地方了？"迪克关心地问。

"昨天晚上我睡在一辆破旧的马车厢里。"约翰尼回答。

"可是你在农场里睡的床要比破马车强多了，对不对？"迪克有些不能理解了。

"没错。我在那里睡的床很舒服，就像……就像棉花一样吧。"约翰尼一脸幸福的样子说道。

因为约翰尼曾经在一大包棉花上睡过觉，所以他认为这个是最舒服的了。

"既然那么好，你怎么不留下来呢？"迪克有些不解。

"我觉得一个人在那里太孤独了。"约翰尼说。

其实，约翰尼并没有把自己的想法全说出来。一般说来，虽然街头那些小流浪汉总是吃了上顿没下顿，夜晚的时候，要是运气好，还能找个马车厢或者空桶睡一觉，他们也习惯了这种不稳定但是很独立的生活，如果换一种生活方式的话，他们就会感到不适应。

实际上，约翰尼之所以离不开这个城市，是因为他父亲也在这里生活。不过对约翰尼来说，要是没有这个父亲的话，他也许还会过得更好一些。他父亲罗兰先生是个酒鬼，他把大部分的钱都花费在喝酒上了。酗酒不仅使他变得丑陋无比，而且脾气也非常暴躁。有时候酒精甚至让他发狂。记得就在几个月前，他竟然拼命地把一口铁锅朝约翰尼的脑袋上砸了过来，要不是约翰尼躲得快，恐怕他早就没命了。那我们就不会知道有他这个人了。约翰尼逃离了家门，从此以后就再也不敢回去了。有人给了他一把刷子和一个擦鞋箱，于是约翰尼就这样开始了自己擦鞋匠的生涯，靠自己养活自己了。但是，就像前面说的那样，他干活并不是很努力，当然也谈不上做得很成功了。从现在的情况来看，这个可怜的孩子应该遇到了许多困难，也吃了不少的苦头，经常地

挨饿受冻更不用说了。迪克也不止一次地帮助过他，他经常请他吃早餐或者晚饭，情形就像刚才一样。

"那你当时是怎么跑掉的呢？不会就靠走路来到纽约的吧？"迪克好奇地问道。

"当然不是了，我是搭上了一辆车才到纽约的。"

"那你从哪儿弄来的钱呢？你最好别告诉我你是偷别人的钱。"

"没有，我身上当时连一分钱也没有。"

"那你是怎么办到的呢？"

"我那天3点钟就起床了，然后偷偷跑到了奥尔巴尼。"

"奥尔巴尼在什么地方啊？"迪克问道，他对地理这种东西根本不懂。

"你接着说啊，你后来又是怎么做的？"迪克有些迫不及待地问道。

"当时我就在一辆运货马车的顶棚上藏着，他们竟然一路都没有发现我。就是那个穿棕色大衣的男人把我送到农场的，所以我害怕他会把我再抓回去。"

"哦，原来是这样啊，我也不知道自己是否会喜欢留在乡下。要是在那里的话，我就去不了托尼牧师院和老鲍威利，那儿晚上是没有地方可以消遣的。可是在这里过冬也不太好受啊，约翰尼，看你到现在连过冬的大衣还没有呢，所以我觉得你也许留在那里还会好点。"迪克若有所思地说。

"也许你是对的，迪克。我现在得走了，要不然泰勒就会另外找人给他擦皮鞋了。"

约翰尼转身向拿骚街走去，而迪克则朝着百老汇走去。

在与约翰尼分手之后，迪克自言自语地说："他一点儿雄心也没有。我打赌今天他擦不到5双鞋。我很高兴自己跟他不一样。要不然，我就没法上剧院，也没钱买雪茄，或者没法吃到我想吃的东西。"

"要擦鞋吗，先生？"

迪克总是有眼光发现生意，他这次问的是一个穿着时髦的年轻先生，这位先生正在洋洋得意地把弄着他手里的手杖。

"我的靴子今天早上已经让人擦过一次了，但是这讨厌的泥巴又把它们弄脏了。"

"先生，没关系的，只要一分钟我就会把它们全都弄好的。"

"那你就擦吧。"转眼间，迪克就尽力地把靴子擦得锃亮，让年轻的顾客非常满意，看来我们的主人公的确十分精通擦鞋的技术。

"我一点儿零钱都没有。"年轻的先生摸着他的口袋说，

"但是这里有张钞票，你可以跑到什么地方把它兑换成零钱，我会另外给你5美分作为酬劳。"

他递给迪克一张2美元的钞票，我们的小主人公拿着它进了附近的一家商店。

"你能帮忙把这张钞票换成零钱吗，先生？"迪克走到柜台前面问道。

售货员接过钞票，仔细地看了一眼，然后愤怒地叫起来："快走开，你这个小流浪汉，要不然我就把你抓起来。"

"有什么不对吗？"迪克有些吃惊地问。

"难道你不知道你给我的是一张假钞吗？"售货员愤怒地叫着。

"可我并不知道呀！"迪克委屈地说。

"别跟我说这些。快走开，否则我就要叫警察了。"售货员怒吼道。

第 2 章

担任导游

当迪克得知自己拿的钞票是假的时候，的确感到有些震惊，但他还是习惯性地站在那里并没有离开。

"赶快从这个店里消失，你这个小流浪汉。"售货员继续喊着。

"那您把我的钞票还给我。"迪克说。

"你还想拿着这张钱出去骗人吗？不，我绝不会给你的。"

售货员也急了。

"可是这钱根本不是我的，我帮一位先生擦鞋，是他给我这张钞票让我来换零钱的。"

"故事编得倒还挺像。"售货员说着，但还是显示出一点不安了。

"要不然这样吧，我现在去把给我钱的人叫过来。"

迪克说完就飞快地跑到门外，看到那位先生正在阿斯托大厦的台阶上站着呢。

那位先生这时也看到了迪克就问："哦，小伙子，你怎么去了这么长时间啊，换来零钱了吗？我还在想你是不是已经拿着我的钱跑掉了呢！"

"当然不会了，先生，我虽然穷，但是我也很注重自己的信誉，所以绝对不会做那样的事情。"迪克回答。

"是吗？那我就没有看错你，你真的是个好孩子，我的零钱呢？"那位先生微笑着说。

"零钱我还没有拿到呢。"

"唉，没有零钱看来是真麻烦。那我的钞票呢？"那位先生问迪克。

"钞票我现在也没有拿到。"

"你敢欺骗我，你这个小无赖。"那位先生像受骗似的愤怒地叫道。

"先生，您先别生气，事情是这样的，我拿着您给我的钞票到前面的商店去换零钱，但是那个男售货员拿着钱看了看之后就说您的钞票是假的，然后他怎么也不还给我了，没办法，我现在只好来找您了。"

"你说什么？竟然有这样的事情？你没有撒谎？"那位先生显然不相信迪克现在的话了。

"先生，这都是真的，您现在能和我一起去把它要回来吗？"迪克问。

"如果你说的是真话，我当然会去把它要回来。你现在就带我去找他吧！"那位先生说。

于是，迪克领着这位年轻的先生一起走进了商店。售货员看到迪克真的又带了一个人回来，就知道事情有些不妙，也就有些紧张起来了。本来以为像迪克这样一个做擦鞋匠的小穷光蛋吓唬一下就会把他给骗了呢，可是没想到他还真的带了一位绅士，这样的话事情可就不好办了。但自己又不能离开，于是他装作整理货架上的东西，不去看他们两个。

"小伙子，现在我们到了，是谁说我的钱是假的？"年轻的先生说道。

"先生，就是他说的，现在钱也在他那里。"迪克指着那个

售货员说。

于是年轻的先生向那个售货员走去。

"先生，打扰你一下，刚才那个男孩给了你一张钞票，你却把它装到自己兜里了。"他傲慢地说。

售货员看没有办法了，只好红着脸紧张地说："刚才那个小孩儿拿的是一张假钞。"

"这显然是在说谎，我现在要您把它拿出来，我们一起来确认一下。"年轻的绅士态度非常冷淡。

售货员在自己的口袋里摸索着，然后拿出一张非常明显的假钞。

"先生，我想要说的是，现在这张的确是一张假钞，不过这绝对不是我给那个男孩的那张钞票。"

"可是，这的确是那个男孩给我的啊。"售货员说。绅士显得疑惑了。

"孩子，你给他的是这张钞票吗？"他转过头对迪克说。

"不对，我给他的绝对不是这张。"迪克回答。

"你这无赖，你还撒谎！"售货员恼羞成怒地喊叫道。

他们的对话当然也吸引了商店里其他人的注意。这时候一直在那边忙乎的店主也走了过来。

"哈奇先生，出了什么事情吗？"他问道。

"这个小孩儿，刚才来换零钱，给我了一张假钞。我就把那张假钞没收了。可他现在还是想要回那张假钞继续去骗别人。"店员说。

"你把那张假钞拿给我看看。"店主说。

店主把钱接过来看了看，然后说："没错，这的确是假钞。"

年轻的绅士说："是的，但这张并不是孩子刚才给他的那张，虽然它们的面额相同，但它们并不是出自一家银行。"

"哦，是吗？那你还记得你的钱出自哪家银行吗？"店主问。

"我当然记得了，我的钱是从波士顿商业银行取出来的。"年轻的绅士说。

"你真的那么肯定吗？"店主说。

"是的，我可以肯定。"年轻的绅士说。

"那你也肯定这孩子没有把你那张钞票藏了起来，然后又拿一张假的来骗人吗？"店主提醒道。

"我是绝对不会做那样的事情的，要不然你们可以搜我的身。"迪克很生气地说。

"我觉得他身上连2美元都不会有的。我怀疑的是你的店员出了问题，他可能把自己的假钱说成是这孩子的。像这样的小把戏

是骗不了我的。"年轻的绅士说。

"波士顿银行的钞票,我连见都没见过。"店员狡辩道。

"先生,先不要这么说。你最好先摸摸自己的口袋然后再考虑自己怎样说这件事情。"年轻的绅士冷冷地说。

店主现在似乎也看出了问题就对售货员说:"这件事情看来我们需要做详细的调查了,要是你真拿了他们钞票的话,就赶紧交出来。"

"我没有。"店员紧张地解释道。

"如果真的是这样的话,就只能让人搜搜他的口袋。"年轻的绅士说道。

"我刚才已经说过了,我没有拿他的钱。"店员说。

"哈奇先生,你觉得我们找警察好呢,还是我们自己搜查一下比较合适呢?"店主说。店员听出了老板话里隐藏的威胁,于是急忙从口袋里掏出那张2美元的钞票。

店主把钱递给年轻的绅士说:"你看看这是你的钱吗?"

"是的,这的确是我刚才给他的那张钞票。"年轻的绅士说道。

"哦,是吗?那就真是对不起你了,肯定是我把它给搞错了。"哈奇先生结巴着为自己解释道。

店主却阴沉着脸说:"但是我不会再给你第二次机会,去吧，到会计那里让他把你的工资结完以后，马上离开这里。"

零钱终于换完了，迪克和年轻的绅士一起走出了商店，绅士说："小伙子，这次给你添了不少麻烦，我应该多给你一点才公平。这是50美分，你拿好了。"

"先生，真是太谢谢您了，您太善良了。您还想换零钱吗？"迪克说。

"哈哈，今天就不用了，再说这样换零钱也太贵了点！"年轻的绅士笑着说。

"今天我可真是走运，晚上又可以去巴尔诺玩了，没准儿还可以看到长胡子的女士，八只脚的巨人，两只脚的小矮人呢！嘿嘿。"迪克拿着50美分，高兴地为如何把它花出去而做着计划。

就这样迪克扛着箱子，在不知不觉间又走到了阿斯托大厦。于是他在人行道上把东西放下之后，又开始四处搜寻顾客。

在他的前面，有两个人大声地交谈着向他走来，其中一位是50多岁的绅士，另外一个是14岁的小孩子。

"弗兰克，真是对不起，我的确太忙了，没有时间带你参观纽约。当然我也知道，你是第一次来纽约，实在是对不起。"

"叔叔，您不用自责，这没有太大关系的。"

"虽然这里有很多值得观看的地方，但恐怕要等到下次才能陪你了。不过你自己可以随便走走，但千万不要走得太远，知道

吗？否则你会迷路的。"老绅士说。

"要是我朋友汤姆·迈尔斯知道我在这儿就好了，他肯定会陪着我到处走走看看的。"弗兰克若有所思地说。

"你的朋友住在什么地方？"

"我想就在这座城里的某个地方吧。"

"那就不容易找了，看来我也帮不上你的忙。如果你不愿意自己转转的话，可以跟我一起到会计事务所去。不过每天大部分的时间都会待在会计事务所里，那儿恐怕不是很有趣的地方。"

弗兰克犹豫了一会儿说："我想我可以自己随便走走，不会走得太远，如果我迷路了，我就问阿斯托大厦在哪儿。"

"嗯，好吧，弗兰克，我不能为你多做些什么，真对不起。"

"哦，叔叔，别在意，我自己到处走走，也会很开心的，比如看看沿路的橱窗什么的，纽约可看可玩的东西多得很呢。"

迪克是个机灵的小伙子，此刻听完他们的对话，他认为这是一个送上门的生意，于是他决定抓住这个机会毛遂自荐去做向导。

当弗兰克的叔叔刚要离开的时候，迪克来到他们的面前说："先生，我对这个城市非常熟悉，如果您愿意的话，我可以带他四处逛逛。"

这位绅士略显惊讶地看着眼前这个穿破衣服的男孩子。

"你是本城的人吗？"

"是的，先生。我就住在这个城市里。"迪克认真地回答。

"你知道这座城市里所有的公共建筑，对吗？"

"是的，先生。"

"那中央花园呢？"

"知道，先生，我知道这些地方所有的路。"

这位绅士若有所思地看了看面前这个小男孩。过了一会儿，他说："我不知道该怎么说，弗兰克，这真像小说里的情节一样，他显然不完全是我想为你找的那种向导，但看起来很诚实，一张坦率的脸，我想我们还是可以信任他的。"

弗兰克看着迪克穿得破破烂烂的，心想如果让别人看到自己和这样的同伴走在一起，那多没面子啊，于是就说："您说得对，叔叔，但是他最好不要穿成这样和我一起出去。"

"你今天早上脸都没有洗吧！"这位名叫惠特尼的绅士说。

"是的，先生，因为我住的那间旅馆不提供洗脸盆。"迪克说道。

"哦，那你住在哪家旅馆呢？"

"我就在箱子旅馆住，先生。"

"什么？箱子旅馆？"老绅士有些好奇。

"没错，先生。就在斯普鲁斯大街的一个大箱子里面。"迪克回答。

弗兰克好奇地打量着迪克。

"哦，是吗？那你住在那里感觉怎么样啊？"弗兰克问。

"也就是凑合着睡吧。"迪克说。

"要是下雨怎么办呢？"弗兰克接着问。

"哦，如果下雨的话，那我这身最好的衣服就会被打湿呀。"迪克笑着说。

"你现在身上穿的就是你所有的衣服吗？"惠特尼绅士问。

"没错，先生，这就是我的全部家产。"迪克回答。

惠特尼先生对弗兰克不知说了几句什么，弗兰克看起来对他叔叔的建议很高兴。

惠特尼绅士对迪克说："孩子，你现在跟我来吧。"

迪克有些惊讶，但他还是服从了命令，于是他跟着惠特尼先生和弗兰克进了酒店，他们一起穿过办公室，走到楼梯口的时候，酒店的一个服务生把迪克给拦住了，但惠特尼先生解释说迪克是他带来的，有事情需要迪克去做，这才被放行。

他们进入了一个很长的过道，在一扇门前停了下来。门打开了，一个豪华的房间出现在他们眼前。

惠特尼绅士对迪克说："孩子，进来吧。"

于是，迪克和弗兰克都走了进去。

惠特尼先生对迪克说："我告诉你，他是我的侄儿，是到这里来上寄宿学校的，他的箱子里面有一套半新的衣服，他打算送给你。我觉得你穿上它会更好一些。"

迪克立刻愣在那里，不知自己到底该说什么了。在他的印象中，从来没有人送过他任何礼物。而现在，一位陌生人竟然要送给他一套半新的衣服，真是有些不可思议。

衣服拿出来了，是一套整洁的金色套装。

"不过孩子，你最好先洗个澡再穿它们，干净的衣服和脏皮肤搭配在一起也一样不会好看的。弗兰克，你看着他吧，我必须马上走了。你身上的钱够不够？"

"没事，叔叔，钱足够了，您去忙您的吧。"弗兰克回答。

惠特尼先生又对迪克说："孩子，我再多说一句，对你我们一点都不了解，就如此相信你，也许是我太草率了一些，但我喜欢你的模样，希望你不会让我们失望，能够为我的侄儿做一个好向导。"

"是的，我一定会的，先生，我可以向您保证。"迪克热切地回答。

"如果是真的就太好了。好了，孩子们，祝你们玩得开心。"惠特尼先生走到门口说道。

迪克开始洗澡了。说实话，迪克真需要好好洗一洗了，而且迪克自己也发现身体干净的感觉非常舒服。弗兰克在给迪克的礼物中又增加了一件衬衫，一双袜子，还有一双鞋。

"真可惜我没有帽子送给你。"他说。

"没关系，我现在不是已经有一顶了吗？"迪克说。

"它太破旧了。"弗兰克看着迪克那顶又破又旧的帽子说道。

"没错，是有些破旧了，因为他是我爷爷小时候的帽子，所以我一直留着它，就当纪念爷爷吧。不过现在我可以到查塔姆街去买一顶便宜的帽子。"迪克说。

"你说的查塔姆街离这里远吗？"弗兰克问。

"不远，如果走路的话也就需要5分钟吧。"迪克回答。

"还是比较近嘛，这样我们顺路就可以去买帽子。"弗兰克说。

洗完澡又穿上新装的迪克，把自己的头发也梳理得很整齐，现在任何人都不会知道他竟然是个小擦鞋匠。英俊漂亮的迪克如果不是因为他那双又红又粗的手，甚至可以成为一位十足的绅士。

弗兰克把他领到镜子面前对他说："现在你来看一下你自己吧。"

迪克惊恐地瞪着眼睛，看着镜子里面的自己，叫了起来，"天哪！那真的是我吗？"

弗兰克看到迪克吃惊的样子就笑了起来，说："怎么？你连自己都不认识了吗？"

"我知道了，灰姑娘的童话就是这样的，我在巴勒姆剧场看过这场戏。"迪克回答。

"约翰尼·罗兰如果看见我现在这个样子，他会说什么呢？我想他一定认为是一个年轻的酷仔，他也肯定不敢跟我说话了。哈哈，这太有意思了。"迪克想象着他朋友约翰尼那副惊呆了的表情，不由得大笑起来。接着，他满怀感激地看着弗兰克，感谢他这份珍贵的礼物。

"你心肠真好，送给我这么好的礼物。"他说。

弗兰克温和地说："迪克，你不用客气，我比你宽裕，送给你一套衣服算不了什么。但是，你现在还少一顶新帽子。我们出去的时候就可以买了。你可以把那些旧衣服捆扎起来。"

"等一下，我的手绢还在里面，我要把它拿出来。"迪克一边说着，一边从旧裤子口袋里掏出一块脏布，这块布原先是白色的，但现在却变成了黑布，迪克的这块手绢可能是从一张床单或者是一件衬衫上剪下来的。

"它太脏了，迪克，你不要再用它了。"

"你不知道，我感冒了，我需要用手绢的。"

"哦，不是的，你误会了，我的意思是你应该换一条新的手绢。"

弗兰克又一次打开自己的箱子，从里面拿出两条手绢递给了迪克。

迪克接过来，又一次疑惑地看着镜子里面的自己："我是不是在做梦啊，我真怕是在做梦，就像昨晚那样，醒来后发现自己依旧躺在箱子里。"

弗兰克看着他的样子笑着说："那我来捏你一下，如果你感觉痛的话就不是做梦了，你觉得怎么样？"

"对啊，我怎么没想到呢？这个办法太好了，你来捏我一下吧。"迪克认真地说。

弗兰克使劲地在迪克卷起袖子的胳膊上捏了一下，痛得迪克大叫起来。

"好了，我想现在没有做梦了，你的手真有劲，像镊子一样夹得太痛了。对了，我们出去的话那我的刷子和擦鞋箱怎么办呢？"

"它们放到这里就可以了啊，这里会很安全的。"弗兰克说。

迪克在无意中扫了一眼弗兰克的靴子，他马上说道："请稍微再等一下。你靴子上已经没有什么光泽了，我马上会把它们擦得像新的一样。"

于是弗兰克的靴子在迪克的手中被擦得几乎可以看到影子一样。

弗兰克说："你擦鞋的手艺真不错，谢谢你，你最好也能把自己的鞋子擦一下。"

迪克并没有去擦自己的鞋子。对一个擦鞋匠而言，只有非常幸运才能拥有一双自己的鞋子或者靴子，但他们从来都没有想过要为自己的鞋子擦擦，也许是他们觉得自己的劳动太珍贵了吧。

迪克和弗兰克一起下楼，他们在楼梯处又遇到了刚才那个拦迪克的服务生，但是这次他却没有认出迪克。

"哈哈，你看他认不出我了，他还以为我是跟你一样的酷仔呢。"迪克笑着说。

弗兰克好奇地打量着迪克问道："什么是酷仔？"

迪克见他好像真的不知道，于是告诉他："哦，是这样的，酷仔说的就是像你一样穿得很时髦的人。"

弗兰克说："哦，是这样啊，那你现在也是啊，迪克。"

迪克高兴地回答："没错，我估计连上帝都没有想到我也会变成一个酷仔。"

他们来到百老汇，正沿着公园的西侧慢慢走着的时候，迪克

忽然看见约翰尼·罗兰走在他的前面。

迪克的脑海里面立刻闪现出一个想法，他想看看约翰尼见到自己变成这副样子时，会有什么样的表情。于是，他偷偷溜到约翰尼的背后，用手拍了拍约翰尼的背。

"约翰尼，你好，今天擦了几双皮鞋呀？"迪克装模作样地问道。

约翰尼听出了迪克的声音，然后就转过身来想找迪克。但是，他并没有看到迪克，眼前只是站着一个酷似迪克，但是穿得体面的男孩子，由于他衣着的巨大不同，以至于约翰尼一点都不敢确定他到底是谁。

"约翰尼，我在问你话呢，今天的运气怎么样啊？"迪克又说着。

约翰尼又疑惑地把迪克从头到脚看了一遍，然后他壮着胆子问道："你是谁？我们认识吗？"

迪克笑着回答："看你问的什么问题嘛，连我迪克你都不认识了吗？"

"可是，你的衣服是从哪里弄的啊？快说，你是不是偷来的？"

"我可没有去偷别人的衣服，你要是再乱说，我就要揍你了。我的衣服让一个要去参加舞会的年轻小伙儿借去了。这样的话，我就没得穿了，所以只好换上了这身衣服变变样子。"迪克笑着回答。

迪克说完后，没有做任何解释就跑开了，约翰尼·罗兰用疑惑的眼光一直跟着他，他还没有搞清楚，刚才和他讲话的这个漂亮男孩是否真的是穿破衣服的迪克。

百老汇是去查塔姆大街的必由之路，在百老汇这里真可以说是车水马龙，行人如织，对于不太习惯的人来说过马路真不是一件容易的事儿。当然迪克是一点也不在乎的，他非常熟练地在来来往往的马车中间跳跃、穿行，但是当他走到大街的另一边再找弗兰克的时候，才发现他还在原来的地方，十分沮丧地站在那里，一条宽阔的街道把他们从中间隔开了。

迪克对着弗兰克喊道："你也快过来呢！"

弗兰克焦急地看着面前川流不息的马车回答："我过不去，他们会把我撞伤啊。"

"没事的，弗兰克，他们才不会那么傻去故意撞你呢！撞伤你之后他们还要给你好多的赔偿。"迪克说。

最后，弗兰克好不容易瞅准了几个狭窄的空隙，并且安全地过了大街。

"这儿总是这么拥挤吗？"弗兰克问迪克。

"现在还不算最坏的时候，有的时候要比这更糟糕。听说一

个年轻人为找到过街的机会，一直等了6个小时，但最后还是被车给撞死了，留下一个寡妇和一群孤儿。那个寡妇是一个年轻美丽的女人，现在只好被迫卖花生和苹果。你看，她现在正好就在那儿！"

"在哪儿？"弗兰克顺着迪克看的地方望去，但并没有看到什么。

迪克又给他指了一个又老又丑的女人，她身材非常魁梧，还戴着一顶很大的无边女帽，正在前面卖苹果。

弗兰克看完后自己也不由得笑了起来，于是他对迪克说："要是你说的是真的，我想我也许还可以资助她呢。"

"好吧，这事就交给我来办吧。"迪克调皮地眨着眼睛说。

只见他走到苹果货架面前，神色严肃地问："老太太，您缴税了吗？"

这位老妇人惊慌地睁开眼睛。

迪克说："我是政府官员，市长派我来收您的税。我将拿一些苹果来抵税，那个最大的红苹果正好可以抵消您应付给政府的税款。"

老妇人不解地问迪克："可我不知道要缴什么税呀。"

迪克说："既然不知道，那就算了吧！这次就放过您，您就给我两个最好的苹果，看到没有，我身边的这位朋友是众议院的议长，他将会付钱给您的。"

弗兰克微笑着为两个苹果付了6美分。接下来，他们又继续向老妇人瞎扯，迪克煞有介事地说："老太太，要是您卖给我们的苹果不好的话，我们就会把苹果还给您，让您把钱退回来。"但是这件事在迪克身上是不可能发生了，因为他已经把苹果啃了一半。

他们现在要去查塔姆大街，于是他们穿过了公园。这个公园大约有10英亩，铺满草皮的地方，现在已经成了行人步行的通道，周围还保留着几幢重要的公共建筑。于是迪克向弗兰克介绍了旁边的市政大厅、报告大厅，还有圆形大厅。市政大厅是一个巨型的白色建筑，顶上还有一个炮塔。

迪克说："市长就在那里办公，我们的关系非常好。我以前经常被请去帮他擦靴子，这就算是我给纽约市缴的税了。"

第 3 章

导游的工作

他们边走边聊，很快就来到了查塔姆大街，走在一排排的成衣店中间。这些服装店为了招徕顾客，几乎都把店里一半的商品摆到了人行道旁边。这些成衣店的店主还站在门口，留意着每一个过往的行人，只要谁对摆在外面的商品瞄上一眼，他就立刻发出过分热情的邀请，请这些人进商店瞧瞧。

"还不过来看看，小伙子们？"一个年老的店主站在商店的入口热情地向他们打着招呼。

"谢谢,今天就不过去了,弗兰克,你知道吗?我总把他们比作结了网的蜘蛛在等着苍蝇飞过去一样。"迪克说。

"从来就没有哪个商人不是假装着没有从顾客身上赚到钱。"迪克又接着说。

有的商店里正在进行拍卖活动。

"才给我出2美元吗,先生们?这么好的鹿皮裤子可是上等的质量啊!我们可是太亏本啦!谁愿意第八次出价?谢谢,先生。只有17先令!这个号码的裤子可费了不少的料啊!"

在一个小平台上面有个拍卖人正对着两个男人夸张地叫喊着,他手里晃着一条松松垮垮的裤子,很像是百老汇的便宜货。

弗兰克和迪克也在商店门口站着看了一会儿,最后,那条裤子被一个看起来有些老实的男人花3美元买了下来。

"这里的衣服这么便宜啊。"弗兰克说。

"没错,但是最便宜的衣服在巴克斯特大街。"

"真的吗?"弗兰克问。

"是的,我的朋友约翰尼·罗兰前些天在那儿花了1美元就买了一整套衣服,包括上衣、帽子、背心、裤子,还有鞋子。而且尺寸也还行,就像刚才我的那套最后的衣服一样。"

"我现在知道下次该到哪儿去买衣服了,没想到城里的衣服

这么便宜。我想，巴克斯特大街的裁缝师一定都非常时髦吧。"弗兰克笑着说。

"当然啦。我和哈雷斯·格雷利总是到那儿买衣服。每次哈雷斯都会买一件新衣服，我也照着他的样子买了一件。但是我不能买白色的帽子，因为他跟我的审美风格不一致。"迪克说。

在不远处的人行道上，有个男人不停地向行人散发一些小纸片。弗兰克也接到了一张，他念着里面的文字："最后清仓大甩卖！各种精美的豪华商品，每件只卖1美元。跳楼价！快进来看看吧，先生们！"

"这个大甩卖在什么地方啊？"弗兰克问。

"就在这里，年轻的先生们，快进来看看吧！"一个黑胡须的男人在他们面前突然出现，并且说道。

"迪克，你说我们进去看看吗？"弗兰克问。

迪克拉着弗兰克压低声音说："这是个黑店，我进去过。他们都是骗子。他以前认识我的，可我现在穿成这样，他就认不出来了。"

"买不买都没有关系的，进去看看吧，我想你们一定会有很大收获的。"那个男人竭力地劝诱着。

"所有商品的价值都超过1美元吗？"迪克问。

"是的，有的还值更多的钱呢！"长黑胡须的男人回答。

"真的吗？比如什么呢？"迪克问。

"哦，就好比我们卖的那个银水罐吧，它就值20美元。"黑胡须的男人说。

"你可真是个好心人，只卖1美元吗？"迪克装着很无知的样子说。

"你们进来看看就知道了。"男人说道。

"还是不要了。我的仆人都不是很老实的，把一个价值20美元的银水罐交给他们，我可不放心。我们走吧，弗兰克。我希望在你今后仁慈的企业中，能以19美元这种低于原价值的价格向公众出售这种银水罐，并且获得成功。"迪克说。

走出商店以后，弗兰克问："迪克，他们是怎么耍花招的呢？"

"这样的，他们把所有的商品都编了号，他们让你付1美元，然后就掷骰子，掷出来的点数就是你要买的那件商品的编号。但那些商品大多连6便士都不值。"

迪克和弗兰克走进了旁边一间卖帽子的商店。迪克看中了一顶价值75美分的帽子，弗兰克坚持要为他付钱。终于，迪克又戴上了一顶干净整洁的帽子，和他现在的装束搭配起来显然要比原先那顶好多了。迪克就把那顶旧帽子扔到了人行道上，很快地，另一个小擦鞋匠把它捡起来，显然他认为迪克的这顶旧帽子比他

自己的还要好。

两人又闲逛了一会儿，然后就开始往回走，他们沿着查塔姆街往百老汇方向走去。在查塔姆大街和百老汇的交界处，弗兰克的注意力被一栋白色大理石建筑吸引了。

"那是什么地方啊？"他很感兴趣地问道。

"那是我朋友斯图尔特开的商店。这是百老汇最大的商店了。要是有一天我退休了，到时候如果想经商什么的，我就可以把这间商店买下来，或者另外修建一个更好的，超过它。"迪克说。

"你以前是不是在这个商店里干过啊？"弗兰克问。

"没有，但我跟斯图尔特的一个合伙人关系很好。他是个送款的童工，每天除了拿着钱之外，什么也不用干。"迪克说。

弗兰克忍不住笑了起来对迪克说："这个工作真的很不错哦。"

"是的，我也很希望自己能得到这样的工作。"迪克说。

他们来到了百老汇的西边，然后沿着街道慢慢向前走着。对弗兰克来说，一切都是那么新奇而有趣。他习惯了宁静的乡村生活，然而看着来来往往、穿梭如流的人群和车辆，不觉有些激动了。而商店橱窗里的商品对弗兰克来说也很有吸引力，他总是不停地拉着迪克去看那些漂亮的橱窗。

"我真想不通这里到处是商店，但是真的有那么多人来买他们的商品吗？在我们的村子里也只有两家小店。"弗兰克说。

"没错，别的大道也是这样的，特别是第三、第六和第八大道。还有百老汇也是一个买东西的好地方。那儿每样东西都比别的地方便宜，但是他们还都是从那里赚到了钱。"迪克说。

"那你知道巴勒姆剧场在什么地方吗？"

"哦，知道，它就在不远处的阿斯托大厦对面，你看见那幢插了很多旗帜的大楼了吗？"

"是的，我看见了。"

"那就是巴勒姆剧场。那儿就住着'欢乐家庭'，有狮子、熊，还有各种各样稀奇古怪的东西。那儿好玩极了。你没有去过吗？它和老鲍威利一样有趣，只不过它那里的演出没有老鲍威利那么刺激。"迪克向弗兰克介绍说。

"有时间的话我一定会去的。我的一个邻居家的男孩曾经在一个月前来过纽约，他当时就去了巴勒姆剧场，回家后总是对我们讲个不停，所以我觉得那儿一定很值得一看。"

"老鲍威利现在正在上演一出叫《多瑙河的魔鬼》的戏剧。这个魔鬼疯狂地爱上了一位年轻的小姐，然后拽着她的头发把她拖到他住的一个陡峭岩石的城堡里面。"

"这个魔鬼连表示爱情的方法都那么奇怪。"弗兰克笑了起

来。

"你知道吗？这位小姐根本不喜欢跟魔鬼在一起，她爱着另外一个年轻的小伙子。当那个小伙子听说自己的爱人被魔鬼拖走了，非常愤怒，发誓永远不睡觉，除非他能把小姐救出来。最后，他从一个地下通道进入了城堡，就和魔鬼打了起来。噢，看见他们两个在舞台上刺来砍去可真是让人胆战心惊。"

"最后谁赢了？"弗兰克问。

"刚开始是魔鬼领先的，后来那个年轻人又把魔鬼打倒了，用短剑刺进他的心脏，说：'去死吧，你这个虚伪凶残的恶棍！让狗群来饱餐你下贱的躯体！'那个魔鬼猛然嚎叫了一声就死了。于是，男爵抓起他的尸体，扔到悬崖下面去了。"

"这样的话，演魔鬼的那个演员应该多拿一点钱，他遭到的下场多惨啊。"

"也许你是对的，可我觉得他已经习惯了，似乎他完全同意那样的角色和情节。"

"你看，那是什么？"弗兰克指着他后面有一些旗杆的一处建筑群问道，这个地方和其他临街建筑比起来，显得很不一样。

"那就是纽约医院，那可是家有钱的医院，可以给病人提供很好的医疗照顾条件。"

"那你进去过吗？"弗兰克歪着头问迪克。

"进去过，我的一个朋友约翰尼·玛朗在那儿待过，他是个报童，他从公园广场旁边穿过百老汇的时候，腿被一辆马车轧伤了。他被送到这家医院里来，他住院期间我和他的一些朋友帮他付伙食费，每星期正好3美元，考虑到医院还要对他全面照顾，所以算起来还很便宜的。他躺在那儿的时候，我每天都去看他。那儿的所有东西看起来都非常不错，感觉也非常舒服，如果哪天我不幸被公共马车轧伤的话，我或许也要到那儿去待着。"

"那你朋友的腿被锯掉了吗？"弗兰克很关切地问。

"没有，虽然那儿有个实习大夫觉得他的腿需要锯掉，但是没有，现在约翰尼又和原来一样满街跑了。"

正在他们说话的时候，已经来到了第365号，位于富兰克林大街的拐角处。迪克对弗兰克说："你看，那就是泰勒酒店，等我将来有钱的时候，我就经常到那儿吃饭。"

"这间酒店我也听过，他们都说那里非常高雅。这样吧，我们过去吃杯冰淇淋，这样我们就可以好好见识一下了。"弗兰克说道。

迪克说："谢谢你，我想这也是让我们见识一下的最好办法了。"

他们走过去，发现自己来到了一个非常特别的富丽堂皇的酒店，四处的镀金闪闪发光，墙壁的每一面都装饰着昂贵又漂亮的

镜子。他们在一个大理石镶面的小桌子旁边坐了下来，弗兰克向服务生要了冰淇淋。

"这儿让我想起了阿拉丁的宫殿。"弗兰克环顾了一下四周，然后说道。

"真的吗？那阿拉丁一定有很多钱了。"

"阿拉丁有一盏神灯，只要他擦一下神灯，灯神就会实现阿拉丁的任何愿望。"

"那盏灯一定很贵吧。我倒愿意把我所有伊利铁路的股份用来换一盏那样的神灯。"

在他们的邻桌坐着一个面色憔悴的高个儿男人，他显然听见了迪克后面的那句话，于是转过身来对迪克说："打扰一下，年轻的先生，你对伊利铁路很感兴趣吗？"

"我所有的财产都投资到伊利铁路上面去了。"迪克回答，同时滑稽地向弗兰克做了个鬼脸。

高个儿男人问："哦，是这样啊！我想你的投资是监护人帮你办的吧。"

"我的财务都是由我自己分配的。"迪克说。

"我想你红利应该不是很多吧？"高个儿男人说。

"哦，你说得很对，我的红利的确不多。"迪克说。

"不出我所料。伊利铁路股票的红利是很低的。朋友，我向你推荐一个更好的投资机会，它会为你带来一大笔巨大的财富。我是伊克塞尔斯铜矿公司的代理人，我们公司拥有一个世界上产量最大的铜矿，它的投资收入可以达到50%。现在，你要做的就是卖掉伊利铁路的股票，转而投资到我们的铜矿股票，我保证不出三年你就准会成为富翁。我刚才听你说，你有多少伊利铁路的股票来着？"

"我记得我刚才并没有说过，你的建议非常吸引人，等有空我会考虑的。"迪克说。

"希望你考虑一下吧！这是我的名片，'萨梁尔·斯奈普，华尔街'，希望接到你的电话，到时候，我会把我们公司铜矿分布的地图展示给你看。要是你把这件好事情介绍给你的朋友们的话，他们一定会非常高兴。我可以保证，要是让你的朋友们也来参与这个投资，那是你对他们最好的帮助了。"高个儿男人说。

"好的，我会考虑的。"迪克说。

于是，陌生人离开桌子，到前台去付他的账单。

"看见了吧，弗兰克，穿着好衣服，当一个有钱人多风光啊！要是明天他在街上碰见我在给别人擦鞋，不知道又会说什么呢。"迪克说。

"但是，你挣钱的方式也许比他要诚实很多，他们那些矿产公司都是些骗子而已，他们只会把人们的钱全骗走。"弗兰克

说。

"他要是能把我的那些破烂玩意儿骗走的话，也未尝不是一件好事。"迪克说。

他们在百老汇大街闲逛着，迪克让弗兰克看了一些修建得很漂亮的酒店和娱乐场。弗兰克看到壮丽的圣·尼古拉斯酒店和大都会酒店时，感到十分惊奇。那幢白色大理石的建筑是圣·尼古拉斯酒店，而大都会酒店则全部是棕褐色调，但其内部装饰也非常讲究。当听说每一幢建筑都花了差不多100万美金的时候，弗兰克一点儿也不觉得惊讶。

他们走到第八大道的时候，迪克又把克林顿大厦指给弗兰克看，当时这个大厦已经用作商业图书馆了，收藏了大概5万册图书。

接着他们又来到了第三和第四大道交界处的一幢大建筑物前面。

"那座建筑是什么啊？"弗兰克问。

"哦，那就是库珀学院。是库珀先生修建的，我们是很好的朋友，我曾经还和彼得·库珀一起上过学呢。"迪克说。

"那里面都是做什么的呢？"

"一楼是举行公众会议和演讲的大厅，上面是一个阅览室和一个画廊。"

弗兰克看见正对着库珀学院的对面有一个巨大的砖石建筑，占地约有一英亩。

"迪克，那是个酒店吗？"

"不是，那是圣经楼。人们在那里面制作《圣经》。我也进去过一次，看到里面堆了一大堆的《圣经》。"

"那你读过《圣经》吗，迪克？"弗兰克问道，他现在对迪克的教育状况已经有了一些了解。

"我可没有，不过我听人家说那是本好书，我不是很擅长读书，一读书就头痛。"

"我想你读得不是很快吧。"

"要是一些简单的字，那我可以读得很好，但要是遇到一些复杂的词我就糊涂了。"

"要是我能在这个城市住下来的话，你就可以每天晚上来找我，我可以教你。"

"你真的不怕麻烦吗？"迪克热切地问道。

"当然啦，我也想看到你上进啊！要是连读书、写字都不会的话，那你就没有什么希望了。"

"弗兰克，你真是个好人，真希望你能在纽约住下来，我也很想学东西。那你住在哪儿？"迪克感激地说。

"我住在哈德逊河的左岸，离这儿大概有50英里远的一个小

镇。希望你什么时候能来看我，你到我那儿待两三天我会很高兴的。"

"你能保证吗？"

"你这是什么意思啊？"

"我是说你说的是真心话吗？"迪克有些怀疑地问道。

"当然是真的啦！为什么不呢？"

"你邀请一个擦鞋匠到你家里，你的朋友要是知道了，他们会怎么说呢？"

"擦鞋匠有什么丢人的，迪克？"

"只是我还不习惯上流社会的生活，也不知道应该怎样做才算举止得体。"

"我可以教你。你不会永远只做一个擦鞋匠的。"

"当然了，等我到90岁的时候，恐怕早就死了。"

"我是说在你死之前，你不会当一辈子擦鞋匠的。"弗兰克微笑着说。

"我也真想找点儿别的事做，好比在办公室里工作，然后学做生意，过上一种受人尊敬的生活。"迪克认真地说。

"那为什么不去试试呢，迪克？看看是否真的能找到一份适合你的工作。"

"有谁会雇一个穿破衣服的迪克呢？"

"但是你现在并没有穿破衣服呀，迪克。"

"是的，我现在看上去的确是好多了。要是我到办公室找一份工作，他们会给我每周超过3美元的薪水，这足够让我过上受人尊敬的生活了。"

"不，这些还远远不够，到第一年年底的时候，你应该挣得更多才是。"

"是啊，不过到那时候我恐怕已经只剩下骨头了。"

"你现在让我想起了一个爱尔兰人的故事。有个人生意破产后便让他自己的马以吃刨木花为生。于是他给马戴上了一副绿色的眼镜，好让刨木花看起来可以吃得下去。但不幸的是，等到马学会吃刨木花的时候，他也就老死了。"弗兰克笑了起来说。

"等到那匹马竟然真的学会吃刨木花的时候，它一定成了一个特别的品种。"

"我们现在的这个地方叫什么名字？"弗兰克问道。这时候他们已经从第四大道走到了联合广场。

迪克指着一个四处有围墙的漂亮场地说："这就是联合公园。"场地中间是一个池塘，池塘中的喷泉正往外喷着水。

"那是华盛顿总统的塑像吗？"弗兰克指着花岗岩石台上的一个骑在马背上的铜像问道。

"是的，他当上总统以后又长高了一些，我想，要是他在战

争时期就长得像铜像那么高的话，早就把英国人赶回老家了。"迪克说。

弗兰克仰望着这尊高达14英尺半的铜像，不禁点头同意迪克的评论。

"对了，迪克，华盛顿的大衣怎么样，你觉得合身吗？"

"哦，挺合适的，就是宽大了一些，你知道的，我脱了鞋还不到10英尺高呢。"

弗兰克笑着说："是啊，我也觉得是这样的。迪克，你真是个奇怪的男孩。"

"是的，我一直都是在奇怪中长大的。有些孩子出生时是含着银汤匙，维多利亚王族的孩子出生的时候则是含着金汤匙，还用钻石来作点缀。可是到我出生的时候就不行了，金和银都成了稀有的东西，所以我的汤匙只能是锡或者铅了。"

"金和银都会一点一点到来的，迪克。你听说过迪克·威廷顿吗？"弗兰克问。

"没有听说过，他也是一个穿破衣服的迪克吗？"

"这个我也不大清楚，但不管怎样他小时候也很贫穷，但是后来他完全改变了自己。在他死之前，他已经成了尊贵的伦敦市市长。"

"真的如此吗？他是怎么做到的？"迪克很感兴趣地问道。

"是这样的，一个有钱人很同情他，就把他带回自己的家里，让他和仆人住在一起，并且干点儿小差事。有一天，这位富商看见迪克·威廷顿在地上捡一些被扔掉的别针和缝衣针，就问他捡来做干什么。迪克·威廷顿告诉富商说自己打算攒到足够多的时候就卖掉它们。富商对他这种节俭致富的行为十分赞赏。不久以后，富商有一艘商船要派到国外做生意，他告诉迪克·威廷顿可以挑选任何一件他愿意的东西送出去卖，卖出的钱可以加在他的工资里。而迪克·威廷顿当时除了有一只别人送他的小猫以外，别的一无所有。"

"那他要付多少税呢？"迪克问。

"税应该不是很高，因为迪克·威廷顿只有这么一只小猫，于是他便决定把它送出去卖掉。商船在航行了几个月以后，那只小猫长得又大又壮。后来商船到了一个从来没有人知道的小岛，而那里正好在闹鼠灾，连国王的宫殿都受到很大的骚扰。总之是非常严重吧，船长见到了这种情形，就把迪克·威廷顿的猫送到了岸上，这只猫很快就把所有的老鼠都吓跑了。国王看见这只猫能够十分勇敢地对付老鼠的时候高兴极了，打算不惜一切代价也要得到这只猫，于是他出了一大笔钱买了这只猫。而船员又一分不少地把钱带给了迪克·威廷顿，这也为他将来的致富奠定了基础。迪克·威廷顿长大后就变得非常富有，成为人人尊敬的富

商。最后还被选为伦敦市的市长。"

"这个故事的确很好，不过我不相信纽约市有哪只猫可以让我当上市长。"

"这样的猫也许没有，但是你可以通过别的途径来改变自己呀。有很多优秀的人物小时候都非常贫穷的。只要努力尝试，就一定会有希望的，迪克。"

"从来都没有人对我说过这些，"迪克说，"他们只是叫我穿破衣服的迪克，还说我长大后也只不过是一个流浪汉罢了，而且最后也要被绞死的（这句话是没有任何根据的，也就是他随口说出来的罢了）。"

"他们这么说并不意味结果一定会这样，迪克。要是你真想变成这个社会里受人尊敬的人，你就能做到。不一定要变得很富有，但是你可以找到一份好工作，而且得到别人的尊敬。"

"我一定会努力的！要是我不再乱花钱去剧院，不再乱请别的男孩子吃牡蛎，不再去赌博的话，那我就不用做一辈子穿破衣服的迪克了。"迪克热切地说。

"你过去就是这样乱花钱的吗？"

"是啊。记得有一次我存了5美元本来想买一套新衣服，当时我的衣服破得实在没法穿了，谁知道，跛子吉姆非要让我来跟他玩一把。"

"跛子吉姆？"弗兰克好奇地问道。

"哦，是个男孩子，他的脚是跛的，所以我们大家都叫他跛子吉姆。"

"我猜你肯定是输了吧？"

"是啊，全给输没了，因为我没钱付寄宿费了，所以晚上我只能睡在外面了。那天晚上可真是太冷了啊，差点儿没把我给冻死。"

"吉姆难道不把他赢你的钱再还给你一点儿，让你付寄宿费吗？"

"他当然不肯了，当时我只问他要5美分，他都不愿意给我。"

"你说什么？难道5美分就够你付寄宿费了吗？"弗兰克惊讶地问。

"是的，不过不是在第五大道的酒店里面，而是在它的门外面。"

第 4 章

钱 包

　　接着他们来到了百老汇和第五大道的连接处。他们面前是一个占地10英亩的漂亮的公园。左边是一个非常精美的巨型大理石建筑，它的正面全部是白色，看起来非常漂亮。

　　弗兰克问："这就是第五大道酒店吗？我常听别人提到它的。我叔叔威廉每次来纽约都住在这儿。"

　　"我也在它的外面睡过，他们收费很合理，走的时候告诉我还可以再来呢。"迪克说。

"说不定有一天你可以睡到里面。"

"我想那可能要等到维多利亚女王住到第五大街去的时候吧。"迪克笑着说。

"它看起来可真像一个宫殿,要是女王住在这么漂亮的地方,应该也不会觉得委屈。"

其实他们并不知道,就算是女王的宫殿也没有第五大道酒店这么漂亮。圣·詹姆士宫殿看上去就是非常丑陋的砖石建筑,从它的外观看与其说那是王室的家,还不如说它是工厂更贴切一些,在当时,世界上像第五大道酒店这么豪华漂亮的建筑还是非常罕见的。

这时候,在人行道上的一位绅士从他们旁边走过,他回过头来看了一眼迪克,好像觉得有些面熟。

那个男人走后,迪克说:"我认识他,他是我的一个顾客。"

"他叫什么名字?"

"我不知道。"

"他刚才回过头来看你,好像认识你似的。"

"要不是我穿的这身新衣服,他肯定会马上认出我的,我现在看起来并不像穿破衣服的迪克了。"

"可我觉得你的脸看起来很熟悉啊！"

"是的，除了我脸上的污垢，我平时可没机会在阿斯托大厦洗我脸和手啊。"迪克笑着说。

"你刚才说有个地方的寄宿费只需要5美分，那是什么地方？"弗兰克问。

"哦，那是个报童寄宿处，就在富尔顿大街，正对着'阳光'办公室。那儿可是个好地方。我真不知道没有它这些男孩该怎么办。在那儿6美分就可以吃一顿晚餐，5美分就可以住上一晚。"迪克回答。

"可是，我猜有些男孩子可能连5美分都付不起，对吗？"

"他们都很信任这些孩子，可以给他们赊账。可是我不喜欢被这样信任，特别是因为5美分或者10美分什么的。曾经有个晚上，我从查塔姆大街过来，兜里揣着50美分。我本来打算先去吃一顿上好的红烧牡蛎，然后再到报童寄宿。可是钱不知道什么时候全都从我裤子口袋的破洞里掉出去了。要是夏天的话，睡在外面还是可以的，可当时是冬天啊，我最好还是待在屋里。"

对像弗兰克这样一个家境优越的孩子来说，是不能完全体会一个男孩子孤独地走在寒冷的冬夜、无家可归、没有钱来买个寄宿床位的感觉的。

"那最后你怎么办呢？"弗兰克充满同情地问道。

"我就去了《泰晤士报》的办公室，那儿的一个印刷工人和我认识，他就让我坐在一个角落里，那儿比较暖和，我很快就睡着了。"

"那你为什么自己不租个房子呢，这样的话你就随时都有地方去了？"

"我从来都没有想过这个的。也许有一天我会在麦迪逊广场买一栋房子呢？"

"那就是弗劳拉·迈克里姆塞（当时最流行的诗歌中的女主人公，只是我们的迪克从来就没有读过任何诗歌罢了）住的地方。"

"我不认识她。"

聊着聊着，两人转到了二十一街，来到了第三大道。

在进入第三大道之前，眼前一个人的古怪行为吸引了他们的注意：他猛地停下脚步，弯腰从地上捡起一样东西，然后又充满疑惑地往四周看了看。

迪克小声说道："我知道他的把戏，走，我带你看看。"

说完，他拉着弗兰克快步走到这人前面。

"你捡到什么东西了吗？"迪克问道。

"是的，就是这个。"那人回答。

说完，他拿出了一个钱包，从外面看，钱包里好像装了很多

钱。

迪克叫道："哇，看来你真走运啊！"

"我想肯定是别人不小心掉在地上的，要是能把这还给人家的话，应该能得到不少的报酬。"那人说道。

"是啊，你真是太走运了！"

"很不幸，我现在必须要赶下一班去波士顿的火车。我住在那儿。我可没时间在这儿等失主。"

迪克装出一副什么都不懂的样子说："那你把钱包带走不就完了吗？"

"不，我想把它留给一个诚实的人，让他把这个钱包转交给失主。"这人打量着两个孩子。

"我就很诚实。"迪克说。

"是的，他的确很诚实。"弗兰克补充道。

"那好吧，年轻人，那我就把这个钱包交给你！"这个人说道。

迪克说："好的，那你就把它给我吧。"

"等一下。里面肯定会有不少钱的。也许有1000美元呢。失主肯定会拿出100美元作为报酬的。"

"那你为什么不在这儿等着领赏钱呢？"弗兰克问道。

"我倒是想这样，可我家里还有人卧病在床呢！所以我必须赶紧回家。这样吧，给我20美元，我就把这钱包给你，无论钱包的主人会给你多少回报，全归你了！好吗？这可是一个大便宜啊！你们觉得怎么样？"

也许他是看迪克现在穿得很体面吧，所以他觉得迪克肯定能拿出20美元。当然，要是必要的话，他还会把价格稍微降低一点儿。

"20美元可不是个小数目啊！"迪克犹豫不决地说。

"但是你能赚回更多的啊！"那人说道，他好像是在劝说迪克。

"到底该怎么办呢，弗兰克，你觉得呢？"迪克说。

"我也不知道，要是你有钱的话，当然可以了。"弗兰克说。他根本不相信迪克会有这么多钱。

"我现在也不知道这样做到底对不对，不过也没关系，反正我也不会有太大损失。"考虑了一会儿之后，迪克说道。

"你当然不会有任何损失了，快点，我必须要赶上最后一班火车。时间不多了。"那人赶紧说道。

于是，迪克从口袋里掏出一张钞票，递给那人，然后拿回了钱包。这时候正好有位警察刚好走了过来，那人赶紧把钞票塞到口袋里，看都没看就马上快步离开了。

"钱包里面是什么啊，迪克？我希望里面有足够的钱能抵得

上你刚才给他的钱。"弗兰克兴奋地问道。

迪克大笑起来。

"希望不大。"他说。

"但是你给了他20美元啊。那可不是个小数目。"弗兰克说。

"要是我真的给了他20美元的话，那我可就真上当啦。"迪克笑着说。

"我看到你给了他20美元啊，不是吗？"

"是的，他也是这么认为的。"

"难道不是吗，迪克？"

"当然没有了，我给他的只是一张外表有些像钞票的干货流通券罢了。"

"我觉得你不该欺骗他，迪克。"弗兰克生气地责备迪克。

"他难道不是想骗我吗？"

"我不知道。"

迪克拿出钱包对弗兰克说："那你猜猜钱包里都有什么吧。"

弗兰克看了看，认真地回答道："里面肯定是钱，而且有很多钱。"

"里面的钱连我们吃顿牡蛎都不够，要是不相信的话，你可以打开看看。"

说着，迪克打开了钱包，原来里面只是一卷被卷成钞票的样子的白纸罢了。没来过城里的弗兰克从来都没听说过这种所谓的"陷阱游戏"。

"这是怎么回事，迪克？"他吃惊地看着迪克。

"他本来想用这点小把戏来骗我，可是他却没想到这次被我骗了。这个钱包还值点钱，这下我可以用它来放我的伊利股票了。所有的东西只有在我这里才有用。"

"这里面也都是股票啊！"弗兰克笑着说。

"是的。"迪克说。

"天啊！要是那家伙突然回来怎么办？他看起来就像是家里真死了人一样。"迪克说。

话刚说完，刚才那个"丢钱包的人"已经转了回来。

"你这个小混蛋！快把钱包还给我。"陌生人吼道。

"你说什么，先生，你是在叫我吗？"迪克说。

"是的，我就是叫你。"

"那你可叫错人了。我的确认识一些名叫'混蛋'的人，可我并不是他们中的一员。"

说着他还认真地看着对方，可是这并没让那个人的脾气好一些，他一直都在骗别人，从来没想过会被别人骗。

"赶快把钱包还给我。"陌生人威胁道。

"对不起，我可不能，我要把它还给失主。里面的东西非常贵重，失主现在一定快急死了，他肯定会给我一大笔赏钱的。"迪克冷冷地说。

"但是，你刚才给我的是张假钱。"那人说道。

"真的吗？但我自己能用啊！"

"你竟然骗了我。"

"我可不这么认为。"

"不关你的事，要是你不把钱包还给我的话，我就叫警察了。"那人气愤地说。

"你说的是真的吗？那你就快点叫吧，我想他们肯定能找到失主的，这样的话就可以把钱包尽快还给他了。"

那个"丢钱包的人"回来本来打算取回钱包，然后再把同样的手段再使一次，但是迪克的一再拒绝，尤其是迪克的冷淡，终于把他惹火了。他决定再试一次。

"你是不是想今天晚上在坟墓里度过？"他问道。

"非常感谢您的好意，不过今天晚上我可没时间。以后再说吧，要是有时间的话我们再约。我的两个朋友现在正得麻疹，我今天晚上必须照顾他们。坟墓里面怎么样？"迪克说。

迪克那认真的口气，惹得弗兰克简直忍不住要笑出声来。不过，旁边那位可不是这么想的。

"好吧，那你就等着瞧！"他愤怒地说。

"这样吧，要是我能得到50美元奖金的话，我会分给你一部分。可是你现在不是要赶着回波士顿看望家里的病人吗？"迪克说道。

那个人现在看起来从迪克这里是得不到任何好处了，他嘴里骂了两声，然后离开了。

"你真的是太聪明了，迪克。"弗兰克说。

"那当然了，我在纽约这么长时间，可不是白混的。"迪克说。

"迪克，你一直都住在纽约吗？"弗兰克停顿了一下，然后问道。

"从我记事儿起到现在吧。"迪克说。

"可以把你的经历告诉我一些吗？你有爸爸或妈妈吗？"

"我没有妈妈。她在我3岁的时候就死了。我爸爸在我妈妈还没死的时候就出海去了；从那天起，家里就再也没有听到关于他的任何消息。也许他是遇上海难了，或者是死在海上了。"

弗兰克接着问："那你妈妈死了以后，你怎么办呢？"

"妈妈的朋友们就照顾我，只不过这些朋友也都很穷，所以她们也是心有余而力不足的。在我7岁那年，妈妈最好的那个朋

友也死了，她的丈夫迁往西部去了，从那天开始，我就得靠自己生活了。"

"什么？在你7岁的时候就一个人了啊！"弗兰克感到惊讶极了。

"是的，所以我就只好照顾自己，但我做到了。"迪克在说这些话的时候言语之间透露着一丝骄傲。

"那你都做过什么工作啊？"

"我经常出去干点零活，具体做什么也不肯定的，因为我经常换工作。有的时候卖报纸，有时候在人群中散发传单，我还在公园里听过演讲。赫拉斯和詹姆斯·高登·班纳特可赚了不少钱。"迪克说。

"通过你？"弗兰克问道。

"可没过多久，我就不卖报纸了。"

"那是为什么？"

"哦，因为他们并不能搜集到足够的新闻，有的时候买报纸的人很少。一大清早，我这里积压了很多报纸，所以我就决定自己想办法。所以我四处喊'号外！号外！女王维多利亚遇刺！'报纸的确是马上就卖光了，我也就赶紧逃跑。但还是有一位先生把我记住了，他骂我是个骗子，从那以后我就改行了。"

"你那样做是不对的，迪克。"

"我知道，但大家都这么做。"

"可是他们这样做并不能成为你也这样做的理由啊！"

"是的，开始的时候，我也很惭愧，特别是有位英国老先生。当他听到女王遇刺的时候，他站在那里大哭。我还记得当他把报纸钱递给我的时候，他的两只手都在发抖。"

"那你后来怎么办了呢？"

"后来我就开始卖火柴了，但好像大家都不需要买火柴。有一年冬天，我没有钱去寄宿了，只好一个人在大街上闲逛，我把最后一根火柴都擦完了，虽然这样取暖太贵了点，可我还是非常冷，再说，我也不能总是靠划火柴取暖啊！"

"迪克，看来你的日子可真不好过。"弗兰克同情地说。

"是啊，我可是知道又冷又饿的滋味有多难受；可有一件事情我却从来没干过。"迪克显出一副非常骄傲的样子。

"什么事？"

"我从来没有偷过别人东西，我才不会干那种卑鄙的事情呢！"

"为什么呢？没机会吗？"

"机会多的是。记得有一次，我一天都没有卖出一根火柴，口袋里也只剩下3美分了。我用这3美分买了一个苹果。到了晚上的时候，我非常饿，于是我走进一家面包店，想着或许能够讨

到一些面包吃。可店老板无论如何也不肯给我，哪怕是一块小面包，我求他们给我一块面包，说愿意用火柴换，可他们说自己三个月内不需要火柴，让我打消这个念头。我当时就站在火炉边，想暖和一下，这时烤面包的师傅也不在旁边，我觉得饿极了，真想拿块面包就跑，那里有一堆面包，少一块也不会有人发现的。"

"可是你没有，不是吗？"

"没有，我很高兴自己没有那样做，当时店老板突然走过来，告诉我说圣玛克有一位女士想让人给她送面包。可是不巧他的店员当时正生病，所以想让我去跑一趟，作为报酬，他愿意付我10美分。我当时也没事可做，于是就跑了一趟，回来的时候，我向店主要了几块面包和蛋糕作为报酬。"

"这么说，你并没有卖很长时间的火柴啊？"

"是的，它赚的钱太少。还有些朋友想让我把全部的火柴卖给他们；所以我根本赚不了钱。记得有位很有钱的老太太，她住着大房子，但是她却把价格压得很低，由于当时我根本连一根火柴都没卖出去，我就被迫同意了她的条件。真不明白，像她这样的有钱人干吗那么抠门，要知道，我可是靠卖火柴来吃饭的啊！"

"迪克，恐怕这个世界上不公平的事情还多着呢！"

"要是每个人都像你跟你叔叔这样该有多好啊！那样穷人就有机会了。要是我以后有钱的话，我一定要想办法帮助穷人。"

"你以后也许会变成富人的，迪克。"

迪克摇摇头。

"只怕我的钱包都像这样，里面全是毫无用处的废纸，只有对钱包的主人才有用。"他说着，用手指了指刚才的那个钱包。

"这就要看你自己了，迪克。人家斯图尔特也不是生下来就有钱啊！"弗兰克说道。

"是吗？"

"他年轻时一个人来到纽约，他做一个教师，你知道，教师通常都没有多少钱的。后来他开始做生意，慢慢地，他的事业开始做大。不管怎样，他都坚守着一个原则：绝对不做有损声誉的事情，永远不要为钱而无所不为。如果这样的人有机会的话，迪克，我相信你也会有机会的。"

"人家还是个教师啊！而我只是一个什么都不懂的笨蛋。"

"你也可以提升自己啊！"

"我该怎么办呢？"

"你难道不能去上学吗？"

"不能，我必须要自己赚钱养活自己。就算是学会了读书、写字，也不会对我有什么太大帮助，要是那样的话，我恐怕饿死

了。"

"你不能在晚上学吗？"弗兰克说。

"对啊。"

"为什么不去上夜校呢？我想你晚上不用工作了吧。"

"我从没想过这个问题，真的。可跟你聊完天之后，我就会好好考虑的，我想我会开始学习的！"

"希望如此，迪克。只要好好念点书，你就会成为一个非常聪明的人。"

"你真的这么想吗？"迪克有点怀疑地说。

"当然了，一个从7岁的时候就开始自立的人肯定不是个笨蛋，迪克。你已经经历了很多事情，肯定会过上好日子。我相信你会的，只要你肯努力。"

"你真是个好人，我相信自己并不很差。也许我真的可以重新开始生活，学会做一个体面的人。"迪克感激地说。

弗兰克说："很多成功的人都是从像你这样的情况开始的，迪克。可他们都活得非常体面，受人尊敬。不过，他们必须努力工作。"

"我也愿意努力工作啊！"迪克说道。

"你不仅要努力工作，而且要找对方法才行。"

"怎么样才算找对方法呢？"

"你说过，无论受到了怎样诱惑，你都不会去偷窃或者做什么坏事，这就是一个好的开始。随着人们对你开始了解，他们就会很信任你。但要想成功，你还必须尽可能多读点书。要不然的话，你就很难找到一份办公室或会计事务所的工作，可能连送信的资格都不够。"

"是这样啊，我从来没想过自己这么无知。"迪克沮丧地说。

弗兰克说："只要你能坚持下来就可以了，一年的时间你就可以学到很多东西。"

第 **5** 章

第三大道马车上的一幕

他们来到了第三大道，这条街道很长，街道的一端是库伯协会，另一端是哈勒姆。一个男人从旁边的一家商店跑出来，嘴里时断时续地喊着："玻璃布丁""玻璃布丁"……

"玻璃布丁！什么意思？"弗兰克非常惊讶地看着迪克。

"说不定你会喜欢呢。"迪克说。

"我以前从没听说过。"

"现在我们可以去问问价格啊！"

当他们走到跟前时，弗兰克才发现他原来是个帮人装玻璃的工人。

"哦，我明白了，他是说'装玻璃，装玻璃'……"

其实并不是只有弗兰克听错了，事实上，从这些工人的叫声来看，他们的确像是在说"玻璃布丁"而不是"装玻璃"。

"好吧，你还想去哪里？"迪克问。

"中央公园离这儿远吗？我想去那里。"弗兰克说。

"大约一英里半吧，这里是二十九大街，中央公园从五十九大街开始。"

对于没到过纽约的读者，我们需要解释一下，从距离市政厅大约一英里的地方开始，所有的街道都被按照一定的顺序命名，一直到第一百三十大道，也就是哈勒姆马车的终点站。要是把整座城市都算进来的话，街道的数量可以达到两百多号。中央公园的南面就坐落在第五十九大道，北面坐落在第一百一大道上，是标准的"中央公园"。每两条大道之间的空间被称为一个街区，二十个街区的长度总共为一英里。所以迪克的判断非常准确，从他们现在所在的地方到中央公园正好是一英里半。

"走过去有些太远了吧。"弗兰克说。

"要坐车的话需要6美分。"迪克说。

"是坐马车吗？"

"没错。"

"那好吧，我们坐一辆马车吧。"

第三大道到哈勒姆之间的马车是纽约市乘客最多的马车，尽管它又挤又脏。不过，从市政厅到哈勒姆（一共7英里的路程）只收7美分，这的确没什么好抱怨的。当然，马车夫大多数利润都来自那些只坐一段路的乘客。

一会儿，就来了一辆挤满了人的马车。

"我们要坐这一辆吗？还是要等下一辆？"弗兰克问道。

"下一辆可能会一样糟。"迪克说。

于是他们就招呼这辆马车停下，然后上了车。

由于车上人太多，两人就一直站到第四十大街，直到一些乘客下车之后，他们才找到座位。

弗兰克坐在一位中年妇女（或者她可能会称自己为女士）旁边，这个人脸瘦嘴薄，一副尖刻的样子。在她前面的两位先生起身之后，她就赶紧把裙子撒开，想多占两个位置。两个孩子却不管这些，赶忙坐了下来。

"这可没两个人的座位。"她看着弗兰克说道。

"但这明明有两个座位啊！"

"哦，本来是不应该有的。可有的人就是想瞎凑热闹。"

"有人还想一个人坐两个人的座位呢！"弗兰克心想，但他嘴上并没说出来。他看得出来，这个人脾气不大好，最好别惹她。

弗兰克没在城里坐过这么长时间的马车，所以感到很新鲜，一路上，他向马路两边的商店里张望。第三大道非常宽敞，可它两边的房子和商店却比不上百老汇。正如好多数读者已经知道的那样，第五大道是纽约最繁华的街道，两边住的都是有钱人。其中有很多房子看起来都像是宫殿，内外看上去都非常奢侈。弗兰克一边坐着马车，一边四处张望。

经过与旁边那位女士第一次交谈之后，弗兰克觉得没有必要跟她计较什么了。但他想错了，正当他忙着向窗外张望的时候，这位女士发现自己的钱包没了。于是她马上认定就是弗兰克把她的钱包给偷走了，因为她断定他刚才故意和她挤在一起。

"售票员！"她尖叫道。

"出了什么事，太太？"一位售票员走了过来。

"我叫你赶快过来啊！"中年妇女又尖叫着说。

"你到底有什么事情啊？"

"我的钱包被人偷走了。里面有4美元80美分，我付车费的时候数得很清楚。"

"那是谁偷了你的钱包呢？"

她用手指着弗兰克说："就是他，他刚才故意挤到我旁边，赶快搜搜他。"弗兰克不禁大吃了一惊。

"你在撒谎！"迪克愤愤地叫道。

"哦，还有一个呢，我敢说，你们是同伙，你们俩都是小偷。"那女人轻蔑地说。

"这么说那你是个好女人了！"迪克满含讽刺地说道。

"你竟敢这样对我讲话。"女人生气地说道。

"为什么不敢这么说呢，你难道是男人伪装的吗？"

"你错了，太太，不过要是有必要的话，我可以让人搜搜看的。"弗兰克静静地说道。在纽约的马车上当众行窃可是一件足以引起轰动的事。一些乘客赶紧把手伸到自己的口袋里摸摸着自己的钱包还在不在。一时之间，弗兰克脸憋得通红，说不出话来。他觉得很气愤，因为他从小受到良好的教育，大人们一直告诉他小偷是卑贱的。

迪克却相反，他觉得这简直是开玩笑，虽然他交了不少小偷朋友，但自己却从来没有偷过别人的东西。他觉得那种行为非常卑鄙，弗兰克是绝对不会做这种事的，他甚至连想都不会想。

车上的乘客也都纷纷开始对两个孩子表示同情。长相很能说明问题，弗兰克看起来不像是个小偷。

对面的一位先生说："我想你是搞错了，太太，那孩子可不像是个小偷。"

女人尖刻地说："人不可貌相啊！要不然你会上当的，坏人通常都穿得很体面。"

迪克说："是吗？你可没见过我今天早上穿的华盛顿的衣服。我敢保证，你一定认为我是个最大的坏蛋。"

"毫无疑问。"老太太冲迪克皱了皱眉头。

"谢谢，太太，很少有人这么奉承我的。"

"你少在这儿废话，我觉得你比你的同伙更坏。"老太太气鼓鼓地说。

这时候，马车开始停站了。

"我们要在这里停多久？即使你们不着急，我可要赶时间的。"一位乘客很不耐烦地问道。

"但我要找回自己的钱包！"老太太说。

"好吧，太太，我可没偷你的钱包，而且让我们在这儿浪费时间对你也没什么好处的。"

"售票员，你怎么不叫警察把那小混蛋抓起来？你不能看着我丢了钱包，却坐在那里没反应啊！"老太太接着叫道。

"我可以把口袋翻给你看，你用不着叫警察。售票员或者其他任何人都可以搜搜看。"弗兰克骄傲地说道。

售票员说："好吧，年轻人，要是这位太太同意的话，我可

以搜你的身。"

老太太点了点头表示同意。

弗兰克翻开了自己的口袋，除了自己的小皮夹和一把铅笔刀，里面什么也没有。

"太太，你应该满意了吧？"售票员问。

"不，我一点都不满意！"老太太坚定地说。

"你到现在还认为你的钱包在他那里吗？"

"不是的，可能是他把钱包又传给了他的同伙，也就是刚才那个无礼的孩子。"

"老太太你是说我吗？"迪克冲着她做出了个鬼脸。

"你们看看，他自己都承认，你应该搜搜他。"女人说道。

"好吧，你可以搜搜看，我身上可没有值钱的东西，但你要小心，别把我伊利铁路的股票弄破了。"迪克说。

售票员把手伸进了迪克的口袋，从里面掏出了一把生锈的小刀，50美分零钱，还有刚刚拿到的那个急着回波士顿探望病人的骗子的钱包。

"你看这个是你的吗，太太？"售票员惊讶地问。

"你的年龄带这钱包好像是大了点。"售票员说道。

"不过我觉得这也不是你的吧，太太。"售票员又转向那位老太太。

"当然不是，我才不会带一个这么大的钱包呢！肯定是他从别人那里偷来的。"老太太气愤地说。

"你可真是个特级神探！你是不是还认识这钱包的主人呢！"迪克说道。

"我不认识，可我的钱就在里面，售票员，打开钱包，看看里面都有什么！"老太太说。

"你千万别把我的宝贝股票给弄破了。"迪克装出一副非常焦虑的样子。

等到钱包里的东西展现在大家的面前的时候，立刻引起了很大的轰动，每个人都觉得非常可笑。

"这里好像没有多少钱的。"售票员说着，从里面拿出个纸卷。

"不，我不是告诉你了吗，别动我的股票，只有我才可以使用它的！要是老太太想要借的话，她必须要付利息才行的！"迪克说。

"你把我的钱放哪儿了？一定是你们这两个混蛋当中的一个把它扔到窗户外面了！"老太太有点不安了。

"为什么你不在自己的身上再找找看呢？可能钱包就在你身上呢。我可不相信这俩孩子是小偷！他们看起来不像是会偷东西的人。"对面那位先生说道。

"谢谢你，先生！"弗兰克说。

老太太听从了他的建议，又把手伸向自己的口袋，从里面掏出了一个小皮夹。一时之间，她自己都不知道是该高兴还是难过。看来，这下她可陷入了一个相当难堪的境地，刚才这番折腾都是小题大做了。

"那是你'被偷'的钱包吗？"售票员问。

"是的。"老太太困惑地说。

"你在这里耽误了我们多长时间啊，我希望你下次不要再这样了。我们耽误了5分钟，马车都误点了。"售票员有点生气了。

"我也不知道钱包还在自己口袋里。"老太太粗鲁地说。

"我觉得你应该向这两个孩子道歉，你无端怀疑人家是小偷。"对面的先生说道。

"我不会向任何人道歉，特别不会向这两个小混混道歉。"老太太的脾气又坏了起来。

"谢谢你，太太，我们接受你的道歉了。没事的，只是我不喜欢把自己的好东西拿出来给别人看，害怕引起那些穷邻居的嫉妒。"迪克笑着说。

"哈哈，年轻人，你可真有个性。"那位先生笑着说。

"这也叫什么个性啊！"那位老太太嘟囔道。

可是现在，人家都觉得是老太太不对，她无故冤枉了两个孩子，而迪克的贫嘴却让大家很开心。

一会儿工夫，马车就来到了中央公园的南面，也就是第五十九大道，迪克和弗兰克在这里下了车。

"小伙子们，要注意自己的钱包，你的那个钱包很容易招贼啊！"售票员好心地提醒道。

"是的，这就是有钱人的烦恼啊。阿斯特和我经常失眠，总是担心会有强盗来抢我们。有时候，我甚至想把所有的钱都捐献给孤儿院。"迪克说。

就在迪克说话的时候，马车也已经渐渐走远了，两个孩子上了第五十九大道，再往前走两个街区就到中央公园了。

"我觉得你真的很奇怪，迪克！你好像永远都有好心情！"弗兰克笑着说。

"不，有些时候，我的心情也会很糟的。"

"什么时候啊？"弗兰克说道。

"是这样的，去年冬天，下着雪，天冷极了，我的鞋上破了好几个洞，也没有手套和稍微保暖一点的衣服。总之，我当时非常难过，真想能有个有钱人来把我收养了，我没有什么要求，只要给我点吃的、喝的、穿的就足够了。你知道吗，每当我看到别的孩子都能跟父母在一起的时候，我总是在想，要是能有人这样

对我，该有多好啊！"

说到这里的时候，迪克的语调完全变了，甚至可以从他的口气里感觉到那一丝的悲伤。从来没有体会过那种失去父母、无依无靠的感觉的弗兰克不禁有些可怜迪克了。

"不要说没有人关心你，迪克，我会关心你的。"弗兰克把手轻轻地放到迪克肩膀上。

"你会吗？"

"当然会了，要是你愿意接受我的话。"

"我当然接受啦，我多想能有个朋友来关心自己啊！"迪克热切地说道。

他们来到了中央公园，不过，当时的中央公园可不是现在这个样子，有很多地方仍旧在施工，看上去还非常粗糙。事实上，它还只是一块没有开发完成的土地，大约有两英里半长，半英里宽，很多地方还都被石头覆盖着。而且当时它周边也没有任何豪华的建筑，散落在四周的主要是建筑工人们居住的临时性的工棚。

"这就是中央公园？"弗兰克有些失望地问道。

"我可不觉得它有什么吸引人的地方。我爸爸的草场比这可强多了。"

"再过段时间就好了！现在里面除了石头之外就没有别的东

西了。要是你想进去看看的话，我可以陪你走一圈。"迪克说。

"还是算了吧，这种景色我可是看得够多了，而且我也有些累了。"弗兰克说。

"好吧，那我们就回去吧。我们可以乘第六大道的马车。他们会把我们带到维塞大街，就在阿斯托大厦旁边。"

"好吧，那是最好的路，"弗兰克又补充了一句，"希望不要再碰到那位老太太了。我可不想再被怀疑是小偷。"

"她可真够厉害的，如果她丈夫喜欢受罪，也不介意一天被骂上两三次的话，那这个老婆还不错。"迪克说。

"哈哈，那这两个可真是一对。是这辆马车吗，迪克？"弗兰克问。

"是的，你跳上去吧，我跟着你！"迪克说。

第六大道两边同样有很多家商店，看上去都很不错。如果是在一座中等城市的话，它一定可以成为一条最主要的街道，可在纽约，它只能算是其中一条了。

45分钟后，他们下了马车，又回到了阿斯托大厦。

"你现在就想进去吗，弗兰克？"迪克问。

"那要看你是否还打算带我到别的地方去了。"

"难道你不想到华尔街去看看吗？"

"哦，就是银行家和股票经纪人经常去的地方，对吗？"

"没错，我想你应该不会害怕牛和熊吧？"

"牛和熊？"弗兰克迷惑地重复道。

"是的。"

"那是什么意思呀？"

"牛就是使股票变得更加值钱的东西，而熊就是让股票变得不值钱的东西。"迪克说。

"哦，明白了，走吧，我们就去看看。"

于是，他们就沿着百老汇的西边走到了三一教堂，然后穿过教堂，来到了一条街道，这条街道虽然不宽不长，但却非常重要。我想，要是读者们知道每天在这里进行交易的金额的话，你们一定会很大吃一惊的。虽然百老汇大街要更长一些，而且两边的街道也更多，但就重要性而言，它仅次于华尔街。

"那个大理石建筑是什么地方？"弗兰克指着华尔街和拿骚大街拐角处的一栋建筑问道。

"那就是海关大楼。"迪克回答。

"看起来像雅典的帕特农神庙，我在图片上见过。"弗兰克若有所思地说。

"雅典在哪儿？是在约克州吗？"迪克问。

"我当然不是说那个雅典了，我说的雅典在希腊，2000年前曾经是一座非常有名的城市。"

"哦，我可记不了那么长的时间，我现在就连1000年前发生的事都记不住了。"迪克说。

"你可真幽默，迪克！好了，我们可以到海关大厦看看吗？"

于是，他们沿着台阶来到了大厦门口，在问了保卫人员之后，他们走了进去。按照被告知的路线，他们一直走到了海关大厦的顶楼，从那里可以直接眺望海港，码头上是各种各样的轮船，还能看到远处的长岛和新泽西。往北，他们看到一条条的大街在向远处延伸，围绕这些大街的，是成前上万个房顶，不时地看到教堂的尖顶，它们是那样的骄傲挺拔，仿佛是在向自己的邻居们示威。迪克以前从来没到过这里，所以他和弗兰克一样，也被眼前的景色吸引住了。

最后，他们走了下来。突然，一位年轻人叫住了他们。这人的样子可值得说一说。

他是个瘦高个、小眼睛、大鼻子的男人。他穿着一件蓝色的外套，配的是铜扣子，裤腿很短，几乎盖不住他的小腿，一看就不是城里的裁缝师做的。他的手里拿着一张纸，看起来一副迷惑和焦虑的样子。

"请问，里面可以兑换现金吗？"他用手指了指海关大楼问道。

"可能吧，你要进去吗？"迪克说。

"哦，是的。我这里有一张60美元的支票，我想把它兑换现金。"年轻人说。

"怎么回事？"弗兰克问道。

"事情是这样的，我本来想把50美元钱存到银行里，可我又不知道该存到哪家银行，正在我犹豫的时候，有个人急急忙忙地跑过来，说他急用钱，但是银行还没有开门，他说他要赶下一班火车离开纽约。于是我问他需要多少钱。他说50美元。我告诉他说我有50美元，他说他愿意用一张60美元的支票换走我的50美元现金。他告诉我说，只要一听到铃响，银行就会开始营业，到那时我就可以凭借这张支票取出60美元了。我觉得这样赚10美元很容易，于是就同意了。可现在我已经在这里等了两个小时，还是没有听到铃响。而且我答应爸爸今天晚上要回家，所以我必须赶紧走。你们觉得我现在可以去兑换支票吗？"

"我们可以看看那张支票吗？"弗兰克问道，他开始怀疑这个乡下人可能是被别人骗了。钞票上写得清清楚楚，"华盛顿银行"，总金额是60美元，签名是"厄弗莱姆·史密斯"。

"华盛顿银行！迪克，纽约有这家银行吗？"弗兰克问道。

"不知道，至少我还没有听说过！"迪克说。

"难道这儿不是华盛顿银行吗？"乡下人用手指着眼前的海

关大楼问道。

"不是，这是海关大楼！"迪克说。

"难道这儿不能兑换支票吗？"乡下人问道，脸上已经开始有些出汗了。

"是的，可能给你这张支票的人是个骗子！"弗兰克轻轻地说。

"这么说我的50美元就这样没有了？"乡下人痛苦地问道。

"恐怕是这样的。"弗兰克说。

"爸爸会怎样说啊？想想我就难过。要是再见到那个骗子的话，我一定要撕碎了他。"可怜的年轻人叫道。

"你知道他长什么样子吗？我们可以报警啊。说不定警察能抓到他，这样你就可以拿回自己的钱啦。"

迪克叫来了警察，他按照乡下人的描述做了记录，然后认定这个人是个职业骗子。他告诉乡下人，抓到这个骗子的可能性非常小。

当迪克和弗兰克离开的时候，那个乡下人还在那里狂骂不止。

"他还是个孩子，根本不知道照顾自己和自己的钱。年轻人应该学会谨慎，否则连牙都掉了还不知道怎么回事呢！"迪克说。

"我想你从来没有被人骗走过50美元，迪克？"弗兰克说。

"当然了，而且我也才不会在身上带50美元的！"

"我也是的，迪克。你看，街道尽头的那栋大楼是什么？"

"那是华尔街到布鲁克林的渡口。"

"从这儿到布鲁克林大概需要多长时间？"

"不到5分钟。"

"我们可以去一趟的！"

"那当然好了！可是那要花不少钱的，但是你愿意花钱的话，我也没意见！"

"要多少钱啊？"

"每位2美分！"

"2美分啊，我想我付得起，走吧。"

他们走过了大门，在入口处付了船费，然后很快上了渡船，准备前往布鲁克林。

就在他们刚刚走上渡轮的时候，迪克突然抓住了弗兰克的肩膀，用手指了指男卫生间外面的一个人。

"弗兰克，你看到前面那个人了吗？"

"看他干什么啊？"

"他就是早上骗乡下人50美元的那个家伙！"

第 6 章

神探迪克

迪克竟然这么快就认出了那个骗子，这种能力让弗兰克吃惊。

"可你怎么知道是他呢？"弗兰克问道。

"以前我见过他的，所以我很清楚他的那些小把戏。刚才那个乡下人向警察描述骗子模样的时候，我就肯定是他了。"

"认出他又有什么用呢？他肯定不会把钱还给那个乡下人

的。"

"我不知道，不过或许我们能做到！"迪克若有所思地说道。

"有什么办法吗？"弗兰克简直不敢相信自己的耳朵。

"等着瞧吧！"

只见迪克一个人向那人走了过去。

"厄弗莱姆·史密斯，"迪克压低声音叫了一下。

那人突然转过身来，不安地看着迪克。

"你说什么？"他问道。

"我想，你的名字应该叫厄弗莱姆·史密斯。"迪克接着说。

"你认错人了。"那人说完抬脚就要离开。

"你先等一下，你难道没有把钱存到华盛顿银行吗？"迪克说。

"我可不知道什么'华盛顿银行'。我还有急事呢，年轻人。我可没时间回答你这些愚蠢的问题。"

这个时候，渡船开进了布鲁克林码头，看样子厄弗莱姆·史密斯先生想赶紧离开这艘船。

"喂，你最好不要上岸，如果你不想被警察抓到的话！"迪克认真地说道。

"什么意思？"那人有些吃惊地问道。

"你今天早上干的好事啊，警察已经全部知道了，就是用一张假支票从一个乡巴佬那里骗走50美元的事。所以说你现在非常危险。"迪克说。

"我不知道你在说什么。"骗子虽然装出很清白的样子，但是迪克已经看出他的不安了。

"你当然知道，你现在只有一个选择，把钱还回来，我可以保证你的安全。否则的话，我会立刻向警察报告。"迪克说。

迪克看起来坚定极了，话语之间也非常自信，这使得对方不得不考虑当前的处境。

最后，他把一卷钱交给了迪克，然后匆忙离开了渡船。

弗兰克站在旁边看到了这一切，他惊讶极了，不知道那个骗子竟然会这么害怕迪克。

"你怎么做到的啊？"弗兰克马上急切地问道。

"哦，没什么的，我只是告诉他总统是我们家亲戚，要是他不交出钱的话，我就让法官来审判他。"迪克说。

"哈哈，这样他肯定会很害怕。但是，说真的，告诉我你是怎么做到的呢？"

迪克就把刚才发生的事情如实向他描述了一下，然后说："现在我们可以回去找那个可怜的乡下人了！"

"如果我们找不到那个乡下人怎么办呢？"

"那我们就把它交给警察吧。"

于是他们没有下船，5分钟后，渡船又开始返回纽约。回到华尔街后，两个人就在海关大楼前面不远的地方遇见了刚才那个乡下人。还能看得出来他很悲伤，但这好像根本没影响他的胃口，只见他从路边的水果摊上买了几块蛋糕，沮丧地嚼起来。

"你好！你的钱要回来了吗？"迪克问道。

乡下人打了个饱嗝说："没有找到呢，恐怕是找不到了。那个混蛋把我的钱给骗走了！这个混蛋，我花了整整6个月才攒够这么多的。要知道，我在我们那里的执事平克汉姆工作。唉，我当初就不应该来纽约！我们那里的执事告诉我他可以替我保管现金，可我偏想把它存进银行，现在好了，我什么都没有了！"吃完蛋糕之后，可怜的年轻人还是在念叨着自己的50美元，最后竟然蹲在那里号啕大哭起来，他的力气是如此之大，以至于我们的主人公不禁开始为自己的安全担忧起来。

"我说，擦干你的眼泪吧，看我给你带来了什么。"迪克说道。

年轻人睁开眼睛马上看到了自己的钱，突然之间，刚才的悲伤立刻被一种强烈的狂喜所淹没。他一把抓住迪克的手，用力摇了起来。

"你难道不能用其他方式表示感激吗？我还要用胳膊干活呢！"迪克说道。

一时间，年轻的乡下人不知道该怎样表达谢意，他告诉迪克自己的名字叫詹森，并真诚地邀请他能够到他乡下的农场里住一个星期，并保证他们食宿全部免费。

"好啊！要是你不介意的话，我想把我的太太也带上。她的身体非常虚弱，乡下的空气对她是有好处！"迪克说。

詹森听到这里，不由大吃一惊，他不知道自己是否应该相信这件事情。

看着詹森吃惊的样子，迪克不禁有些好笑，他拉着弗兰克走开了，只留下詹森一个人还站在那里发呆。

"好了，我该回阿斯托大厦了。叔叔现在可能已经下班回来了。"弗兰克说。

"好的。"迪克说。

他们慢慢走回了阿斯托酒店。"再见，弗兰克。"

"等一下，你跟我一起进来吧。"

迪克跟着弗兰克来到酒店里面。弗兰克料想得没错，他的叔叔正在阅读室翻看一份刚刚从外面买到的《今晚邮报》。

"好啊，孩子们，你们玩得开心吗？"他抬起头说道。

"是的，叔叔，迪克的确是个一流的导游！"弗兰克夸赞着

说道。

"哦，你就是迪克啊，换了身衣服，我简直都认不出来了，恭喜你。"惠特尼先生笑着说。

"弗兰克可真是个好人，他很善良。"迪克虽然是个流浪儿，可他还是很容易被别人的好意感动的——以前从来没有人对他这样好过。

"是的，我也相信他是个好孩子，我希望你能过上好日子。在这个自由国家，出身根本不重要。我自己当时的情况也不是很好，但是我的努力已经为我带来了相当的成功；要知道，当年我可是和你一样穷呢！"惠特尼先生笑着说。

"是真的吗，先生？"迪克热切地问道。

"是的，我的孩子。我还记得以前饿肚子的情形，因为我没钱买东西吃。"

"那你后来怎么成功的呢？"迪克赶忙问道。

"我到一家印刷厂当学徒工，在那里工作了几年。后来由于眼睛不大好，我只好辞职了。由于不知道该干什么才好，我就到了乡下，在一个农场工作。一段时间之后，由于非常幸运，我发明了一种机器，赚了不少钱。可在我看来，我在印刷厂里学到的一件事情要比这些钱重要得多。"

"什么事情啊，先生？"

"在那里我养成了阅读和学习的好习惯。一有时间，我就会拿点东西来读，就这样，通过不断地学习，我积累了大量的知识。其实，我后来能够发明机器，主要原因就是我当初在印刷厂读到的一本书。所以你看，孩子，好学不仅能够给我带来财富，它还在其他方面给我带来了回报。"惠特尼先生说道。

迪克有点难过地说："可我到现在并不认识几个字啊。"

"没关系的，你岁数还小，而且，我觉得你还是一个非常聪明的家伙。如果你开始努力学习的话，你就能很快学会，要知道，在这个世界上，没有知识就什么事也做不成的。"

"我会的，我可不想一辈子擦皮鞋。"迪克坚定地说。

"所有的工作都是值得尊重的，孩子，你靠诚实劳动赚钱，这也没什么不好，不过要是你能够找到一份更好的工作的话，你可以试一下。你要通过自己喜欢的方式赚到钱，而且有了钱以后也不要奢侈，最好能尽量攒下来。"

"谢谢您的建议，很少能有人这么关心一个'穿破衣服的迪克'的。"迪克说。

"这就是你的名字啊，要是我没看错的话，你很快就能改变自己的命运。把钱省下来吧，年轻人，多买点书看，下定决心，一定要做出点成绩，终有一天，你会成为一个受人尊敬的人！"

"我一定会的，晚安，先生。"迪克说道。

　　"迪克，等一下，你的擦鞋箱子和破衣服还在楼上呢。"弗
兰克说道。

　　"哦，对了，我差点把我最好的衣服和我吃饭的家伙给忘了
啊！"

　　"你可以和迪克一起到楼上去，弗兰克，服务员会给你钥匙
的。走之前我想再见你一下，迪克。"惠特尼先生说道。

　　"好的，先生。"迪克回答。

　　在两个孩子一起上楼的时候，弗兰克问："你今天晚上准备
睡哪里？"

　　"可能是第五大道酒店吧，当然了，是在外面。"迪克说。

　　"难道你没地方睡觉吗？"

　　"我昨天晚上就睡在一个箱子里。"

　　"睡在箱子里？"

　　"是啊，在斯普鲁斯大街上的一个箱子里。"

　　"可怜的家伙！"弗兰克充满同情地说道。

　　"哦，其实也很舒服的，因为我还在里面堆了一堆稻草
呢！"迪克笑着说。

　　"你难道没钱去租一间房子吗？"弗兰克问道。

　　"本来是有的，可我把钱都花在老鲍威利和托尼·帕斯托
了，有时候，我也会在巴克斯特赌一把的。"

"以后不要再去赌钱了，迪克。"弗兰克把手放到迪克的肩膀上。

"是的，以后我不会再去赌钱了！"

"那你说话算数吗？"

"是的，我说话算数。你是个好人，我希望你能留在纽约。"

"我在康涅狄格的一家寄宿学校里上学。那个小镇的名字叫巴恩顿。你会给我写信吗，迪克？"

"我的字看起来就像是鸡爪子。"

"没关系。我想让你给我写信。写信的时候给我留下地址，我会给你回信的！"

"好的，我真希望自己能像你那样！"

"我也希望你能过上好日子，迪克。好吧，我们去叔叔那里，他想在你走之前再见你一下。"

于是他们来到阅读室。迪克把自己擦鞋的刷子用报纸包了起来，因为他觉得，来阿斯托大厦的人是不应该这副打扮走出去的。

"迪克要走了，叔叔。"弗兰克说道。

惠特尼先生说："好的，再见，孩子！我希望能尽快听到你的好消息。别忘了我刚才跟你讲的话。你的未来就只能靠你自己

奋斗了，命运就掌握在你自己的手里！"

说完，他递给了迪克5美元。迪克吃惊地倒退了一步。

"我不要，这不是我应得的。"他说道。

惠特尼先生说："孩子，也许你是对的，但你让我想起了以前没有朋友的日子。所以我希望这5美元能够对你有所帮助。等到有一天你成功了，那时候你可以再把这5美元转送给其他的穷孩子，也许他们也和你一样积极向上！"

"我一定会的，先生！"迪克立刻像个男子汉一样回答。

迪克不再拒绝，充满感激收下了5美元，向弗兰克和惠特尼先生告别之后，他又回到了大街上。离开了弗兰克让他自己感到孤独，对迪克来说，在几个小时的相处中他就对弗兰克有了一种依恋感。

在新鲜的空气里走了一会儿，迪克感到肚子有些饿了，于是他来到旁边的一家餐馆吃饭。也许是自己穿着新衣服的缘故吧，这让他感觉自己就像个人物。所以这次他没去那些廉价的餐馆，而是选择了一家自己平时根本不敢进去的饭店——爱乐饭店。和其他饭店相比，爱乐饭店不仅价格昂贵，而且对客人的品位也非常挑剔。要是迪克穿着平时的衣服，那他根本接近不了这家饭店，而今天，他成了一位年轻的绅士，所以他被很客气地带到了一张餐桌旁边，服务员马上走了上来，很快，一顿丰盛的晚餐就摆在了他的面前。

迪克心想："要是每天能都到这里来吃饭就好了，这种感觉可真好。"对面坐着的那位先生不正是我的老顾客吗？我可是经常给他擦鞋啊。今天我穿了一件新衣服，他都认不出我了。他怎么会想到一个擦皮鞋的竟然会跟自己在一家饭店吃饭呢？

吃完饭后，迪克走到收银台前，递过去那张5美元的钞票，装作一副无所谓的样子。拿回零钱之后，迪克慢慢踱出饭店。

现在有两个问题出现在迪克的脑海中：现在去哪儿呢？今天晚上到底在哪儿过夜呢？要是在昨天的话，身携"巨款"的迪克肯定会毫不犹豫地给出答案：先跑到老鲍威利"潇洒"一下，然后再在马路边上随便找个地方睡一夜。可是现在不同了，他觉得自己的生活已经发生了改变，或者说他决定开始要过一种全新的生活。他要把挣来的钱积攒下来，花在一些有用的事情上面——帮助自己上进，所以他不能再去剧院了。而且，在穿上这身新衣服之后，迪克可不想再随便在外面找个地方睡觉了。

"那样会把新衣服弄脏的，我可不想那样。"他想。

于是，他决定租下一个房间，当作自己固定的居所。他每天晚上都可以睡在那儿，而不用再去找什么木头箱子或者旧马车之类的来当作床过夜了。这是迈向尊严生活的第一步，迪克决定走出这第一步。

就这样，迪克迈着轻快的脚步，穿过市政大厅方向，向中央大街走去。

虽然现在迪克的钱包里除了那些所谓的珍贵"票据"以外，还有将近5美元的现金，但他还是觉得去第五大道租个住处是很不明智的。他也很担心一点，也许他的某位顾客正好就住在那条贵族式的大街上呢。最后迪克还是来到了普通的莫特大街，并在一所简陋的砖石结构的出租公寓门前停了下来。这所公寓归莫里夫人，迪克认识她的儿子汤姆。

迪克按响了门铃，里面传来刺耳的金属声。

门开了，一个衣冠不整的仆人站在门口，她好奇地看着迪克。因为迪克穿得很体面，所以不会让别人想到竟然只是一个擦鞋匠。因为迪克长得很英俊，所以他很容易被错当成一位绅士的儿子。

迪克说："啊，维多利亚女王，您家夫人在家吗？"

"我的名字叫布莱吉特。"女仆回答。

"噢，真是的！去年圣诞节的时候女王跟我互相交换了照片，您看起来真像照片里的女王，我都情不自禁地用她的名字来叫您了。"

"噢，别开玩笑了！您可真幽默。"女仆说道。

"要是您不相信的话，就去问我的好朋友纽卡斯尔公爵好了。"迪克一脸严肃地说。

"布莱吉特！"这时，一个尖厉的声音从地下室里传来。

布莱吉特赶紧说："夫人在叫我呢，我去报告夫人说您想见她。"

"好的！"迪克说。

女仆匆忙地跑到地下室，很快，一个矮胖红脸的老女人在迪克的面前出现。

"噢，先生，您有什么事吗？"她问道。

"请问，您这儿有空房间出租吗？"迪克问。

"是为您自己租的吗？"这位夫人意外地问。

迪克用肯定的语气回答了她。

"现在好房间已经没有了，只剩下三楼还有一个小房间空着。"

"我很想去看看。"迪克说。

"我不知道那个房间是否适合您住。"夫人说着，一边打量着迪克的衣服。

"噢，我对居住条件通常都不会特别挑剔的。我想我还是先看看吧。"我们的主人公说。

于是女房东领着迪克走上了两层楼梯，楼梯没有地毯，显得很脏很乱，他们来到了三楼，这时迪克被领到一间大约10平方英

尺的小房间。这个小房间的确很差。地板上铺着一张油布做的地毯，可是油布已经破破烂烂，看上去比没有地毯还差劲。房间角落里摆着一张单人床，床上还胡乱铺着一张又皱又脏的床单。房间里还有一个衣柜，但是表面已经布满了划痕，有些地方的油漆还脱落了下来。衣柜上面镶嵌着的一面10英寸长、8英寸宽的小镜子，中间裂开了一道缝。看到迪克穿得这么好，莫里夫人以为迪克对这样的房间肯定会不屑一顾，掉头就走的。

但是我们知道，迪克的境况不可能让他有所挑剔的，比起他的木头箱子和废旧马车厢来说，这已经算是很不错的住处了。迪克决定，要是价钱合适的话，就把这个房间租下来。

"那么，太太，请问房租怎么算呢？"迪克问。

"每周1美元。"莫里夫人犹豫了一下说道。

"如果一星期是75美分的话，我就把它租下来。"

"那您每个星期的房租都能预付吗？"

"是的。"

"唉，现在生活艰难，让这房子空着，也是一大笔损失，还不如租给您算了。那您打算什么时候住进来？"

"今天晚上。"

"可这房间现在太乱了，我不知道今晚能否把它收拾干净。"莫里夫人有些为难地说。

迪克说："那我今晚就在这儿睡了，您明天再来收拾可以吗？"

"哦，真希望您不介意房间现在的这个样子。我是个寡妇，请的帮手又总是偷懒，每件事都得自己亲自照料，所以有些地方总是不尽如人意。"莫里夫人说。

"没关系。"

"那请问您能今天就预付我这周的房钱吗？"女房东试探着问。

迪克从钱包里面拿出75美分递给了女房东。

"先生，可以问一下您是做什么工作的吗？"莫里夫人接着说。

"哦，我的工作啊，我是职业人士！"迪克回答。

"职业人士，真不错！"女房东嘴里嘟囔着，其实她并不知道什么叫职业人士。

"汤姆现在怎么样了？"迪克问。

"您认识我家汤姆吗？他到加利福尼亚州的海上去了。是上星期走的。"莫里夫人非常吃惊地说。

"是吗？哦，我认识汤姆。"迪克说。

莫里夫人现在心里非常高兴，她打量着自己的这位新房客，要知道，她的儿子汤姆在莫特大街可是恶名昭彰的小混混之一，

而这样一位穿戴体面的先生居然认识她的儿子。

"今晚我要把我的行李从阿斯托大厦搬过来。"迪克语气郑重地说。

"阿斯托大厦！"莫里夫人又失声地叫道。

"是的，我和几位朋友在那儿待了一段时间。"迪克说。

当然莫里夫人的惊奇是可以理解的，竟然有人愿意从阿斯托大厦搬到她那样的公寓居住，这种事情可真是非比寻常。

"记得您刚才说您是职业人士？"她问道。

"是的，夫人。"迪克礼貌地回答。

"您不会是一个……一个……"莫里夫人停了一下，因为她不知该不该冒昧地把"小偷"两个字说出来。

"哦，不是，绝对不是，莫里夫人，您怎么会这样想呢？"迪克坚决地回答。

"但愿我没有冒犯您，先生。"女房东更加困惑地说。

"当然没有，但是现在我得走了，莫里夫人，我还有些重要的事情要去做。"

"那您今天晚上就要过来了吗？"女房东问道。

迪克肯定地答复了一声，然后转身离开了。

"他究竟是干什么的呢？他穿戴得那么体面，可是对住处一点儿也不挑剔。但不管怎么说，我现在所有的房间都租出去了，这是最好的了。"女房东注视着迪克穿过大街，暗自琢磨着。

因为自己已经租到了房间，有了一个固定的居所，这让迪克心情特别舒畅，而且还预付了一个星期的房租。

整整有7个晚上他都可以在这张属于自己的床上安心地睡觉了。这对一个小流浪儿来说，可是一件让人兴奋的事情。

"我必须要把我的行李弄过来。今天晚上可以早点儿睡。啊，有一张自己的床可真不错啊！总是睡木头箱子，背都觉得很难受了，要是碰上下雨的天气就更糟啦！如果约翰尼·罗兰知道我有一个自己的房间，他会怎么想呢。"迪克自言自语地说。

第 **7** 章

米奇·麦吉尔

　　迪克回到自己新居的时候是晚上9点钟，他把自己那身职业装带了回来，也就是他早上遇见弗兰克时所穿的那套衣服，以及他的擦鞋工具箱。迪克把这些家当都塞进了衣柜的抽屉里，然后在忽明忽暗的烛光中脱衣上床睡觉了。迪克晚上饱吃了一顿，心情不错。现在睡在舒适的羽绒床上，他的美梦更加香甜了，直到第二天早上6点半他才醒来。

迪克用手肘支着从床上坐了起来，茫然地环顾着四周。

他自言自语地说："上帝啊，我不是在做梦吧？这是我的房间吗？啊，拥有自己的房间和自己的床，这才是值得尊敬的生活呀！其实一星期75美分的房租我也付得起的，以前我一晚上花掉的钱都不止75美分呢！干吗不让自己过像这样的值得尊敬的生活呢！如果我和弗兰克一样知道那么多就好了。他可真是好伙伴儿，从来没有人像他那样关心我，还给我那么好的建议。现在看起来我过去简直是在浪费时间。现在，我要让弗兰克瞧瞧，我也是能干一番事业的。"

迪克这样想着，从床上爬了起来，并且发现他的房间里还增添了一件新家具，那是一个年代久远的洗脸架，架子上竟然还摆放着一个几乎破裂的脸盆和一个水罐，这可以让迪克好好地做一下清洗工作了。其实，迪克也喜欢把自己装扮得干净一点，但是他的这个愿望总是不容易实现。现在，既然有了这个条件，也就不能再像以前那样马虎了。可是，迪克发现这也并不容易，因为他找不到一把梳子或者刷子来整理他那蓬乱的头发。他决定尽快找个便宜的地方，买一把梳子和一把刷子。于是，迪克用手指小心地把自己的头发梳理了一下，虽然梳理后的效果仍然不是很好。

迪克现在又遇到了难题，自己有生以来第一次拥有了两套衣

服。而他现在应该穿弗兰克给他的那件，还是自己以前的那件衣服呢？

当迪克第一次出现在读者面前的时候，也就是在24小时以前，没有人比迪克更不在乎穿着打扮了。事实上，迪克一直鄙视好衣服，至少他自己是这么想。但是现在，当迪克看着自己原来那套又脏又破的大衣和裤子的时候，连自己都觉得惭愧。他不想再穿着这样的衣服上街了。但是，穿新衣服出门，弄不好就会把新衣服也弄脏划破的。而以现在的能力，他肯定买不起另外一套。经过权衡以后，迪克决定穿原来的旧衣服。他换上衣服以后，在那面裂了缝的镜子前照了照，镜子里面的样子让他觉得非常别扭。

"一个人穿这样破的衣服当然是不会受人尊敬的。"于是，迪克把旧衣服脱了下来，重新穿上了昨天那套新衣服。

"我必须要多挣钱，我要付得起房租，还要在这些衣服穿破的时候买一些新衣服。"他想。

他背着擦鞋的工具箱打开门，下楼来到街上。

迪克的惯例是先工作再吃早餐，因为他一向都是前天晚上把所有的钱花光，所以他必须先工作才能挣到早餐的钱。而今天可不一样，他的钱包里还剩4美元，然而迪克决定不再碰这4美元。其实，他计划着把这笔钱存进银行，以防将来生病急需，或者买点衣服及其他必需品。以前迪克每天都是挣多少花多少，自从认识了弗兰克以后，迪克开始真正地向往一种受人尊敬的生活，这种想法对迪克的影响很大。

和其他的行业一样，迪克干这一行也有运气特别好的时候。今天，一切似乎都为了鼓舞迪克开始新生活，他在一个半小时内就擦了6双鞋子。他挣到了60美分，这足够让他吃一顿早餐，再买一把梳子了。由于迪克干活很卖力，使他觉得肚子特别饿。于是，他走进一家小店，叫了一杯咖啡和一块牛排，另外还加了一对蛋卷。这对迪克来说可是很奢侈的，比他平时吃的贵多了。为了满足读者的好奇心，我把迪克的早餐明细列举如下：

咖啡 　5美分

牛排 　15美分

蛋卷 　5美分

迪克几乎把早上挣的一半的钱都花在早餐上了。在过去，迪克通常只用5美分来买早餐，因此只能吃些苹果或者蛋糕来充饥。不过，一顿丰盛的早餐能够为一天繁忙的工作打下坚实基础。吃完早餐，迪克精神抖擞地从餐厅里走出来，准备大干一场。

没想到，迪克换衣服这件事情却引发了一个意外的结果。这样一来，他以前的那些擦鞋匠小兄弟误以为迪克一夜间飞黄腾达了，现在在炫耀和摆阔。而迪克可不是这么想的，虽然他的脑子里产生了一些新的念头，却从来没有觉得自己有什么了不起。他一点都没有其他男孩认为的那种"优越感"。只要他认为是"好人"，无论他的身份和地位如何，迪克都愿意结交。其实我们每个人也都知道，自尊和自豪是不分年龄和阶层的，不论是男孩还是成年男人，不论是路边的擦鞋儿童还是地位显赫的绅士，都会有这样的情感产生。

擦鞋的工作在上午通常是生意最忙的时候，所以迪克的新装束还没有引起大家太多的注意。可是生意冷清下来的时候，迪克马上就成了众矢之的。

在市区的小擦鞋匠中，有一个14岁的矮胖男孩，他有一头红色的头发，满脸雀斑，名叫米奇·麦吉尔。这个男孩一身蛮力，行事大胆鲁莽，做起事来不计后果，在一帮小流浪汉中很有影响力，而且还常常领着几个小喽啰一起到处欺负人，结果经常被送到布莱克威尔岛上的监狱里关上几个月。米奇本人就在那儿被关过两次，但是这并没有使他改邪归正，反而帮助他增加了躲避警察的经验。

米奇现在对自己的势力和权威颇为得意。他只喜欢与自己臭味相投的人，憎恨那些衣着光鲜、仪容整洁的家伙。他把那些人叫作装腔作势，打心眼里厌恶他们。我们可以大胆想象一下，要是再过15年，并且在此期间他还接受了一点儿教育的话，他肯定会十分乐于从政的。他这样的人一旦从政，也许会因为在行政会议上好勇斗狠，结果成为大选那天的恐怖分子。总之，米奇十分满意自己作为一帮小流氓的头目的身份，因为这样他可以得意洋洋地发号施令。

事实上，迪克穿的好衣服并没有冒犯米奇·麦吉尔。而这天早上，米奇的生意碰巧不是很好，于是他本来就不太好的脾气变得异常暴躁起来。今天他的早餐很节省，不是因为他对食物不挑剔，而是因为没挣到钱。现在，他和他的一个朋友走在一起，这位朋友因为走路姿势和常人不同，所以被别人取了个绰号叫跛子吉姆。忽然，米奇一眼瞥见了我们的朋友迪克穿着一身新衣服。

他惊奇地叫了起来："天哪！吉姆，你快看穿破衣服的迪克。他在哪儿发了财，居然变成一个绅士模样了。看他那身新衣服。"

"真是啊，我倒很想知道，他从哪儿弄来的那身新衣服。"吉姆说。

"估计是偷来的，过去问问他。我们这些人里面可不需要什么绅士。他肯定又在那儿装腔作势了，去教训教训他。"米奇

说。

于是他们走了过去，来到了迪克的身后，迪克还没有看见他们，于是米奇使劲在迪克的肩膀拍了一下。

迪克立刻转过身来。

"你们找我有什么事吗？"迪克转过身来问道。

"你这身打扮可真不错啊！"米奇·麦吉尔打量着迪克的衣服，轻蔑地说道。

米奇话里有话，时刻准备捍卫自己的尊严的迪克并不买账。

迪克反驳道："那又怎么样呢？这难道冒犯你了吗？"

"吉姆，你瞧他那副装腔作势的样子。"米奇转身对他的同伙说了一句，然后接着问迪克："这身衣服你是从哪儿弄来的呀？"

"这和你们有什么关系，说不定是威尔士王子送给我的呢！"

"听听，吉姆，他的衣服一定是偷来的。"米奇说道。

"我不会偷。"迪克说。

也许是因为迪克说话时无意识地强调了"我"，不管怎么说，米奇生气了。

"那你的意思是说我偷了？"他握紧了拳头气急败坏地问，还做出要打迪克的样子。

迪克一点不害怕地说："我可没这么说,我知道,你两次到岛上去,也许是为了拜访岛上的市长和议员们才去的吧!或者你是一个无辜的受欺压的人呢!我并没说你偷过东西啊!"

迪克说出了实情,把米奇气得满脸通红,他有些恼羞成怒。

他把拳头在迪克的面前晃了晃问道:"你想侮辱我吗?你是不是想挨揍?"

"对这个我可没有嗜好,"迪克冷冷地说:"这不符合我的性格。我不想挨揍,我倒宁愿地大吃一顿。"

"你还是害怕了,对吧,吉姆?"米奇嘲笑着说。

"当然是了。"

"也许是有一点吧,但这对我来说又能怎么样呢?"迪克沉着地说。

"你想打一架吗?"米奇看见迪克这么镇静,以为他害怕跟自己打架了。

迪克回答:"不,我才不想呢!我对打架可没什么兴趣。打架没什么好玩的,而且这对你的脸好像没什么好处,特别是你的眼睛和鼻子,会变得青一块紫一块,多难看哪!"

米奇对迪克的判断有些失误,从迪克的话里他觉得迪克是个很容易被打倒的家伙。在他的印象里,迪克很少参加街头的斗殴,这倒不见得是他胆小怯懦,而是因为他从来都是很明智地

避免涉足这类事情。和其他小流氓一样，米奇生性好斗，又觉得自己比迪克高了两英寸，应该很容易打倒对方，于是，他决定要教训一下迪克，就冷不丁地往迪克脸上狠揍一拳，让他来不及躲闪。

迪克虽然不想和米奇他们大打出手，但也做好了随时保护自己的准备，他可不能站在那里静静等着挨揍。

他放下擦鞋箱，又快又准地回敬了米奇一拳，打得米奇猝不及防一连后退了好几步，要不是跛子吉姆及时地挽住他，他肯定要摔在地上。

吉姆大叫道："米奇，揍他！"碰到打架的时候，吉姆总是非常胆小，但他喜欢看别人打架，只见他大喊大叫地说："揍扁他，揍扁那小子！"

米奇现在根本不需要任何的煽动，他早就火冒三丈了，他决定狠狠地把迪克教训一顿。只见他猛扑过去，想把比他矮的迪克摔倒在地上，但是迪克敏捷地跳开，躲过米奇的猛扑，并且顺势把腿一伸绊了他一下，米奇立刻直挺地摔倒在人行道上。

"吉姆，揍他！"米奇愤怒地叫道。

跛子吉姆却好像并不打算服从米奇的命令。迪克身上神奇的力量和出奇的冷静把他给吓着了。所以他只是想让米奇一个人承担这场战斗的后果，所以他就跑上前扶起战败的同伴。

迪克冷静地说："好了，米奇！你最好不要再打了。如果你不先动手的话，我是不会碰你的。我不想打架。"

米奇轻蔑地说："我想你是怕扯坏了你的衣服吧？"

迪克说："也许吧，不过我希望自己也不要扯坏你的衣服。"

而米奇又一次对迪克狠狠地挥出一拳。不过，米奇虽然愤怒，可他的出手却一点儿都不准，迪克很容易地就躲过去了，米奇的拳头不仅又落空了，而且因为冲劲没收住，差点往前栽倒。迪克完全可以利用米奇还没站稳的当儿把他击倒，但是他并没有这么做，他依然采取了防御的姿势——除非实在避免不了的时候。

米奇站稳了以后，发现迪克比他想象中的难对付多了。于是他又开始考虑发起另一次攻击，争取可以把迪克摔倒在地。但是在这时候却发生了意外。

只听吉姆低声地说："当心，警察来了。"

米奇转过身来，看见一个高个子警察朝他走过来，他赶紧收起自己的敌意，从地上捡起自己的擦鞋箱，提了提裤子，和跛子吉姆一起溜走了。

"那个小伙子刚才在这儿干什么？"警察问迪克。

"他在拉扯我的衣服玩呢。"迪克回答。

"为什么？"

"他不喜欢我的衣服的样式，因为我找的裁缝师跟他的不一样。"

"啊，是的，你穿的衣服对一个擦鞋匠来说，的确是太好了一点儿。"警察说道。

"我真希望自己不是一个擦鞋匠。"迪克说。

警察说："别介意，小伙子。擦鞋也是诚实的劳动呀！其实擦鞋是个正当的职业，在没有找到更好的出路以前，最好还是坚持现在的样子吧。"

迪克说："我知道，要换一个行当并不容易。就像对一个囚犯来说，不管他喜不喜欢监狱的生活，但也无法想换就换呀！"

"这个不是你自己的亲身经历吧。"警察说道。

迪克说："不是的，我也不会让自己做那些犯法的事。"

警察指着街对面走着的一位穿着体面的绅士问道："你看见那边那位绅士了吗？"

"看见了。"

"他以前是个报童。"

"那他现在呢？"迪克好奇地问。

"他现在很富有，他开了一家书店。"

迪克很有兴趣地盯着那位绅士，憧憬着自己长大以后是不是也会像他那样受人尊敬。我们可以看到，迪克比以前更有雄心了。以前，他几乎没有考虑过自己的前途，听天由命，挣多少吃多少，晚上则不时到老鲍威利消磨时光，钱多的时候还可以在幕间休息时买点儿花生吃，而钱少的时候呢，就拿干面包或者苹果充饥，晚上睡在一个大木头箱子或马车厢里面。而现在，他有了生平第一个想法，觉得自己不能一辈子都做一个擦鞋匠。还有7年，他就成大人了，自从与弗兰克相遇之后，他就想在长大后成为一个令人尊敬的人。他清楚地看到了弗兰克和米奇·麦吉尔之间的区别，而毫无疑问，他更乐意成为其中的一员。

第二天早上，为了实现自己对未来的梦想，迪克来到了一家银行，他拿出一张4美元的钞票和1美元的零钱。这里的柜台很高，职员们都在柜台后面忙碌地写着东西。迪克没来过银行，也不知道该去哪儿。结果，他错误地来到了取款的柜台前。

"你的取款单呢？"职员问道。

"我没有。"迪克说。

"你以前没有在这里存过钱吗？"

"没有，先生。不过我现在想在这里存点钱。"

"那你到旁边的柜台去吧。"

迪克顺着指示的方向来到了柜台，柜台后是一位上了年纪的头发灰白的老职员，这位老人正在透过他鼻梁上的镜框打量着迪

克。

"我想把这些钱存起来。"迪克说着，笨拙地把所有的钱放在了柜台上面。

"这里总共有多少钱？"老职员问道。

"5美元。"

"那你以前在这儿开户了吗？"

"没有，先生。"迪克说。

"你肯定会写字吧？"老职员从迪克整洁的穿着来判断迪克应该有一定文化。

"必须要写字吗？"我们的小主人公有些尴尬地问道。

"是的，我们需要你在存款单上面签名。"这位老职员把一张对开的纸打开给迪克看，上面有储户签名。

迪克敬畏地接过这张存款单，不好意思地说："我的字写得不好。"

"那没有关系的，你能写多好就写多好吧。"老职员说。

迪克接过一支笔，蘸了蘸墨水后拿在手里，费了很大的劲，脸上扭曲了很多次，终于在储户姓名的栏里填上了他的名字：迪克·亨特。

"迪克！这不就是理查德的名字么。"老职员费了好大劲才辨认出迪克的名字。

"不是的，人们都叫我穿破衣服的迪克。"

"但是你看上去并不是破衣烂衫啊！"

"那套破烂衣服我放在家里了。我要是总穿着它的话，会穿得更破的。"

"哦，小伙子，既然你不喜欢理查德而更喜欢迪克这个名字，那我就用迪克·亨特的名字给你开一张存折吧。也希望你能把更多的钱积攒起来，存进我们的银行。"

迪克接过自己的存折，看着上面写着的"5美元"金额，心中涌起一阵莫名的激动。他以前总是拿伊利铁路股票开玩笑，但现在，他终于真正感觉到自己是一个资本家了。虽然资本很少，但是这对迪克来说可是一件了不起的大事。迪克决心以后要尽量把自己挣的钱存起来，让自己的存折上的金额越积越多。

但是，迪克也清楚地知道，要能受到别人的尊敬，还有一件事情远比金钱更重要。他知道自己很无知。对于读和写，他只知道一些最基本的东西，而算术方面也只是知道一些很肤浅的东西而已。迪克知道自己必须发奋学习才行，当然他也担心这一点。他把学习看得比实际上要困难很多。可迪克是个有勇气的孩子，不管怎么样，他决定用自己第一次省下来的钱买书看。

迪克晚上回到家后，把自己的存折锁进了衣柜的一个抽屉里。现在，迪克一想到抽屉里锁着自己最重要的东西，就不由得

非常自豪。而对那家银行，迪克也产生了奇妙的亲切感，虽然只是存进了一点钱，但迪克已经感觉到自己仿佛已经成为那家银行的合伙人之一。

第 **8** 章

迪克找了个家庭教师

在第二天上午的时候迪克的生意也是出奇地好，他揽了很多擦鞋的活儿，而且其中一次擦鞋还得到了25美分，因为那位绅士没要迪克给他找零钱。这时候，迪克突然想起前天说好要给一位绅士送零钱过去的。

"他对我会怎么想啊？"迪克自言自语道，"希望他不要认为我是个贪婪而不愿意还钱的孩子。"

　　迪克非常诚实而且谨慎，虽然经常面临着一些金钱的诱惑，但他总是自觉地去抵御。不属于自己的钱，他是不会要的。于是，迪克赶紧来到富尔顿大街第125号（那位绅士给的地址），结果他正好发现格莱森先生的名字正好在二楼一间办公室的门上写着。

　　门是开着的，于是迪克走了进去。

　　"请问格莱森先生在吗？"他向一个坐在办公桌前面的职员问道。

　　"他现在不在，不过他一会儿就会回来的。可以等一下吗？"

　　"好的。"迪克说。

　　"哦，那么请坐吧。"

　　迪克坐下来，顺手拿起一份早晨的《论坛报》，看到一个有四个音节的单词，结果他读成了"sticker"（滞销商品）。他没等多长时间，不到5分钟，格莱森先生就回来了。

　　"小伙子，你找我有什么事情吗？"迪克换上了新衣服，所以他没认出来。

　　迪克回答："是的，先生，我欠你一笔钱。"

　　"哦，是吗？"格莱森先生愉快地说，"这可真是个惊喜。可我却一点也不记得你欠我什么钱呀。你能确定是你欠了我的，而不是我欠了你的吗？”

“是的。”迪克说着，从口袋里掏出15美分放到格莱森先生的手上。

“15美分？你怎么会欠我15美分呢？”他有些惊讶地重复道。

“前天早上我给您擦鞋，您付了我25美分，当时因为您急着赶路，所以没来得及等我找回零钱。我本来打算昨天就给你送过来的，可到了今天早上我才想起这事。”

“啊，我差点儿忘了，但是你并不像前天给我擦靴子的那个男孩呀！要是我没记错的话，他穿得可没你现在这么好。”格莱森先生说。

“是的，”迪克说，“我前天穿着那身衣服是要去参加一个舞会的。可是在这么冷的大冬天，它好像有些太透风了。”

“你真是个诚实的孩子，”格莱森先生说，“告诉我是谁教你做人要诚实的呢？”

“没人教我的，可我一生下来就知道，说谎和骗人是不对的。”迪克回答。

“是的，看来你比我手下的一些职员都还要懂事呢。那你平时读《圣经》吗？”

“我没读过。不过我听说那本书很不错，可惜我对它的了解

并不多。"

"那你应该到主日学校去。你愿意去吗？"

"我当然愿意了，我长大后想成为一个受人尊敬的人。但是我不知道到哪儿去上。"迪克立刻回答。

"我会告诉你的。我上的教堂在第五大道和第二十一街的拐角处。"

"我知道那个地方。"迪克说。

"我在那儿的一个主日学校上课。要是你下个星期日过来的话，我会把你安排进来的，并且尽可能地帮助你。"格莱森先生说。

"谢谢您，先生，可我担心您会不耐烦的，我可是什么也不懂的呀！"

格莱森先生温和地说："不会的，小伙子，看来你的基础很好，而且很多事情都证明你是个诚实的孩子。所以我也希望你将来会越来越好。"

我们的主人公走到外面的时候对自己说："好，迪克你正在进步。自己也在银行里开始有了存款，而且你也接受了到第五大道教堂上课的邀请。要是幸运的话，说不定还能碰上市长呢，他也许还会邀请自己跟他的其他贵宾一起共进晚餐呢。"

现在迪克感觉非常好。好像自己已经脱离了自己目前的生活，并开始成为一个受人尊重的人了，而这种想法也让他感到非常高兴。

　　6点钟的时候，迪克走进了查塔姆大街上的一家餐馆，美美地吃了一顿晚餐。由于今天一切都很顺利，所以他打算让自己好好吃顿饭，等到迪克付完钱之后，他发现自己口袋里还剩下90美分。正当他准备离开的时候，他看到了一个比自己稍微瘦小一点的孩子走了进来，坐在他的身边。迪克认识他，就在三个月以前，他才刚刚开始进入擦皮鞋这个行当，可是由于他天生羞怯，所以他并没有挣到多少钱。而且他显然还没有适应街头的生活，所以每当听到其他擦皮鞋的孩子们在讲一些粗俗的笑话时，他总是会远远地躲开。当然，迪克从来没找过他的任何麻烦；因为我们的主人公天生就有一种侠客的气质，他从来不会去欺负那些比自己弱小的孩子。

　　"过得还好吗，弗斯迪克？"弗斯迪克坐下来以后，迪克向他招呼道。

　　"还不错吧！看样子，你应该也过得很好吧。"弗斯迪克说道。

　　"棒极了！这不，我正要好好犒劳一下自己呢。你想吃点什么呢？"迪克问。

　　"我想来点面包，再来点黄油好了！"

"还要不要来点咖啡呢？"

"不要了，说实话，我可没那么多钱。"弗斯迪克有点难为情地说。

"没关系，我今天运气好，我来请客吧。"

"你真是太善良啦！"弗斯迪克感动地说。

"不客气。"迪克回答。于是他要了一杯咖啡，一盘牛排，看到小伙伴大口大口吃的样子，他感到满足极了。

很快，两人吃完了东西，迪克到柜台那儿付账，然后走到大街上。

"你今天晚上在哪里睡觉啊？"迪克问道。

"我也不知道，我想找个门洞随便睡一晚算了，但我担心警察半夜会把我赶走的。"弗斯迪克有些难过地说。

"这样吧，你跟我到我家睡，我的床睡两个人是没有问题的。"迪克说。

"你自己有了一个房间吗？"弗斯迪克惊讶地问道。

"是的，我在莫特街租了个房间，可以接待朋友，总比老睡在门洞里强吧。"迪克自豪地说道，无意中还是显露出一种兴奋。

"那当然了，遇到你我可真是太幸运了，在爸爸活着的时候，我的日子也过得挺好的，可现在，生活太难了。"弗斯迪克有些难过地说。

"你比我强。但我现在要努力让自己过好。你爸爸去世了吗？"迪克感慨地说道。

"是的，"弗斯迪克说，"他以前是个印刷工人，一天晚上从富尔顿的渡船上掉到水里淹死了。我在纽约没有亲戚，也没有钱，我只好尽快去工作，但我干得并不好。"

"你没有兄弟姐妹吗？"迪克问道。

弗斯迪克说："没有，只有我和爸爸相依为命，爸爸对我太好了，所以没有他我感到非常孤独。爸爸有个朋友，他欠了爸爸2000美元，可是这个人后来说自己生意破产，逃跑了。如果爸爸能够把那笔钱留给我的话，那我的日子也会很好的。不过我倒宁愿用那2000美元去换回我爸爸。"

"那个坏蛋叫什么名字啊？

"拉姆·贝兹。"

"说不定你会有机会把属于你的钱给要回来的。"

"这个机会太渺茫了。"弗斯迪克说，"我愿意把这个机会换成5美元。"

"说不定我会买呢。好了，走吧，去看看我的房间，要是在以前，我一有钱就会跑到剧院里去，现在却不一样了，我只想好好睡一觉。"

"剧院我很少去的，爸爸不让我去，他说那不适合男孩子去。"

"我有的时候喜欢去老鲍威利，那儿的演出可是一流的。"说到这里，迪克好像突然想起了什么，又接着问道，"对了，弗斯迪克，你会读书、写字吗？

"是的，爸爸还在的时候，我一直在读书，而且成绩也很不错，要是爸爸还在的话，我肯定会去读大学的！"

"弗斯迪克，你看这样好吗？我们做个交易。我大字不识几个，字写得跟鸡爪似的，可我不想等自己长大了以后还不如一个四岁的孩子，要是你愿意教我认字和算数的话，那你就可以每天都住在我那里，不管怎么样，总比睡门洞强吧！你觉得怎么样？"

"你说的是真的吗？"弗斯迪克脸上突然放出光来。

"当然啦，你不知道吗，现在特别流行请家庭教师啊！为什么我不赶赶时髦呢？你就来当我的老师吧，不过可不能太严格，因为我的字写得确实不太好！"

"我尽量不那么严格吧，我很感激能有个机会找个睡觉的地方，你有什么可以读的吗？"弗斯迪克笑着说道。

"没有，你知道，我的图书在我从三文奇岛驶向撒咯拉的船上掉水里了，干脆我们去买份报纸吧，一份报纸就够我读上一阵子了。"

很快，两人找到了一家报摊，在那里买了一份带有故事、新闻、诗歌等内容的周报。买完报纸之后，两个男孩就回到了迪克住的地方。迪克从房东那里借来了一盏灯，一副主人的架势领着弗斯迪克来到自己的房间。

"你看这个房间怎么样，费斯迪克？"迪克得意地说。

"看上去挺舒服的！"

"你看这张床虽然不是很大，"迪克说，"但还是可以睡两个人的。"

"是的，我也占不了多大地方的。"弗斯迪克高兴地说道。

"好啦，你看，这里还有两把椅子，来，我们一人一把，要是市长有时间到我这里来做客的话，我们可以让他坐在床上。"

两个孩子坐了下来，5分钟后，在这位年轻老师的指导下，迪克开始学习了。

迪克很幸运，这位年轻的老师非常合格。虽然亨利·弗斯迪克只有12岁，但他知道的事情不比许多14岁的孩子少。他以前肯定是一个非常勤奋的学生，在班里名列前茅。他的父亲是位印刷工人，所以经常把一些印制的新书带回来给儿子看。另外，弗斯迪克的父亲还是机工学徒图书馆的会员，而这家图书馆有几千本经过筛选的好书，正因为这样，使得他在同龄的孩子当中，总是

显得懂得很多。也许正是因为他在学习上过于用功，所以弗斯迪克总是给人一种天生弱小的感觉。不过这并没有影响迪克分配自己做合格的私人教师的任务。

他们来到了破桌子的旁边，把刚才买的报纸铺在上面。

"老师们通常会在开始上课之前敲一下铃声，不过现在没有铃。我们只好将就一下了。"迪克说。

"迪克，在我们在开始上课之前，我要先看看你现在是什么水平，认识多少字。"弗斯迪克接着说。

迪克有点不好意思起来说："不多的。"

"那我想你至少可以拼写字母吧？"

"那倒是，那26个字母虽然我还能分清，但也不是很熟练，我想我能念得出来。"

"你在哪儿学的？你上过学吗？"

"是的，我的确是上过几天。"

"那你为什么没继续读下去呢？"

"我不怎么喜欢读书。"

"你看起来也不是个文静的人。"

"是的，我并不是个好学生。但我也不喜欢打架。"

"我想你那时肯定挨了不少批评吧。"

"是的。"

"所以你当时并没学会读书，对吗？"

"其实，在卖报的时候，我学了一些，你知道的，我必须要能读懂头条新闻的。有时候我会读错字，吆喝错新闻。有一次，我问一个家伙报纸上写什么，他告诉我说头条是'非洲国王'死了，于是我站在那里大声吆喝起来，结果出了大洋相。"

"哈哈，迪克，如果当初好好学习，你就不会犯错误了。"弗斯迪克说。

"好吧，我们找篇文章开始吧！"弗斯迪克说着，拿起了报纸。

迪克坐在旁边说："找篇最容易的，最好还是个故事。"

最后，弗斯迪克终于找了一篇很好的新闻，于是，他们开始上课。慢慢地，他开始意识到迪克刚才真的没有夸张，两个音节的单词都很少能够读正确，说实话，当他发'through'这个单词的时候，真让弗斯迪克吃惊。

"你刚才说什么？是怎么拼的来着？"弗斯迪克问道。

"T—H—R—U……"

弗斯迪克听完后说："一定是当初发明英语的人搞错了。不过，我们也只能跟着他错下去了。"

迪克虽然没读过几天书，可他的反应很快，学习能力也很强。而且他也很有毅力，不会轻易放弃一件已经决定了的事情。

一旦他决定要努力学习之后，任何困难都不会把他吓倒的。虽然弗斯迪克经常笑他的错误，但他也很会自嘲，总之，他们俩还是很喜欢上课的。

在经过了一个半小时之后，两个孩子就此结束了。

"你学得很快，迪克，要是照这样下去的话，要不了多长时间，你就可以读书、看报了。"

"真的吗？那太好了。我不想当无知的人。我以前并不关心，但现在关心了。我要做个体面的人。"迪克感到非常满意。

"我也是，迪克。我们就互相帮助吧，我们肯定能做出点成绩来的。可我现在有些困了。"

"我也困了，这些单词也都让我头疼。真不知道谁发明了它们？"迪克说。

"这我可就不知道了，我想你见过字典吧。"

"又是一个让我头疼的词。我肯定没见过，即使在大街上见过，我也不知道它是不是字典。"

"字典就是一本包含了所有单词的书。"

"哦，一共有多少个单词啊？"迪克问。

"其实我也不清楚的，大约有5万个吧。"

说话间，桌子上的灯晃了一下，好像在告诉他们，要是不赶紧上床的话，他们就要摸黑脱衣服了。于是他们赶忙脱下衣服，迪克一下子就蹿到床上。可弗斯迪克却跪在床边，说了一小段祷词。

"弗斯迪克，你在那里做什么啊？"迪克好奇地问道。

"我在祈祷，难道你从来都不祈祷吗？"弗斯迪克说着话也站了起来。

"没有，从来没有人教过我这个的。"

"那你想学吗？我可以教你啊！"

"我不知道，有什么好处呢？"迪克疑惑地问道。

弗斯迪克向他解释祈祷的好处，迪克一边听着，一边提出了许多问题，显然，他已经对自己的这位"小老师"产生一种依赖感，甚至在不知不觉中已经把他作为自己的榜样了。所以当弗斯迪克再次问迪克是否要学习祈祷的时候，他的这位床友马上同意了。其实，迪克也不是天生就不信上帝的人，只是他从小就一个人到处流浪，从来没人告诉他这些事情罢了，更别说有谁会教他祈祷了。他能够主动地去关心和帮助别人，主要是因为他天生就是一个善良的人，所以他的内心仿佛有种声音在指引着他，让他去接触弗兰克和弗斯迪克，教他去判断一切事物的对错。就这样，在不知不觉间，迪克已经开始朝着自己梦想的体面生活迈进了一大步。

在迪克看来，学习要比擦皮鞋辛苦多了，于是他们刚一上

床，就很快进入了梦乡，当他们再次醒来的时候，已经是第二天早晨6点。迪克在上班之前，找到了房东莫里太太，告诉她自己想让弗斯迪克和自己一起住。莫里太太倒没什么意见，唯一的要求就是要他每个星期多付25美分（因为多一个人自然也会多一些麻烦事）。迪克答应了。

迪克不仅能干也能吃喝，一天下来，他挣的钱要比弗斯迪克多。但因为他要支付莫里太太要求的那25美分，所以他也需要多挣些钱。当遇到两位客人同时都想擦皮鞋的时候，迪克就会把其中一位客人介绍给弗斯迪克。就这样，一个星期过后，他们有了盈余。迪克的存折里面又增加了2.5美元，而弗斯迪克也开始办理了一个存折，并往里面存了75美分。

星期天的早晨很快就到了，迪克突然想到曾经答应了格莱森先生要去第五大道的教堂。说实话，迪克有些后悔自己当初的这个决定。从记事到现在，自己从来没进过教堂，而且他也并不想去那种地方。而弗斯迪克的反应就完全不同了，他看到迪克犹豫不决，就催促他去，并且主动提出自己也去，迪克立刻显得高兴起来，马上就答应了。

在出门的时候，迪克还做了一番精心的打扮，他把鞋子擦得锃亮，然后开始洗手，上面的鞋油渍虽然不可能完全洗掉，可他还是认真地把两只手洗了又洗。

都准备好了之后，他和弗斯迪克一起来到了大街上，开始向百老汇走去。

星期天的百老汇完全没有了平日的喧闹，他们沿着大街走过了联合广场，然后在第四大道走了一会儿，很快，他们就来到了第五大道。

"要是能在戴尔莫尼克吃一顿该有多好啊！"弗斯迪克望着路边一家有名的餐馆说道。

"哦，那我恐怕要卖掉一些伊利铁路的股票才能来呢。"迪克说。

很快，他们来到了我们已经提到的那座教堂前面。看着衣着光鲜的人们陆续走进教堂，他们不禁感到有些惭愧，他们站在那里考虑着到底进不进去。这时候，迪克觉得有人在后面轻轻拍了自己一下。

回头一看，他发现格莱森先生正对着自己微笑。

他说："我年轻的朋友，看来你的确很守时啊，请问这位年轻人是谁呢？"

迪克回答："这是我的一个朋友，他叫亨利·弗斯迪克。"

"你能带他来我很高兴，好吧，你们跟我来，我给你们找两个座位。"

第 9 章

迪克第一次出现在社交场合

　　早礼拜的时间到了，孩子们跟着格莱森先生来到了教堂里面，在一条长凳子上坐了下来。

　　凳子上已经坐了两个人：一位是漂亮的中年妇女，另一位是一个9岁的漂亮小女孩；她们是格莱森夫人和他们漂亮的独生女儿伊达。看到他们过来，她们微笑着打了声招呼。

　　早礼拜开始了。迪克感觉很不习惯。毕竟，他几乎从来没到过这种地方，他感觉自己就像是一个被困陌生在顶楼上的小猫。要是不跟着旁边的人一起做的话，他真的不知道自己什么时候该站起来。他坐在伊达的旁边，这是他第一次跟一位穿着体面的漂亮女孩这么靠近，所以这也让他感觉不大习惯。赞美诗开始了，伊达翻开了赞美诗集，也给了迪克一本。迪克笨拙地接了过来，可他认识的那几个单词根本不够用，所以很快他就跟不上调了。不过迪克决定坚持下去，还全神贯注地盯着赞美诗集。

礼拜终于结束了，人们也都陆续走出教堂，其中就有格莱森一家和两个孩子。迪克从来没想到过自己竟然会跟格莱森先生这样的人在一起，在整个礼拜过程中，他不停地在想："要是约翰尼·罗兰看到我现在的样子，不知道他会怎么想？"

可约翰尼的工作很少有机会使他到第五大道来，而且迪克也很难会在这里看到自己的那帮穷哥们儿。

"我们下午会去主日学校，你住的地方离这儿有段距离吧？"格莱森先生问道。

"先生，我在莫特大街住。"迪克回答。

"从这儿到莫特大街往返似乎远了一点儿，要不你和你的朋友可以和我们一起吃午餐，然后下午再一起过来上课，好吗？"格莱森先生说。

迪克听了这个提议有些惊呆了，就好像市长要邀请他去和议

员进餐一样。格莱森先生显然是一个很富有的人，而他现在却主动邀请两个擦鞋匠一起共进午餐。

"我想我和弗斯迪克还是先回家吧，先生。"迪克犹疑地说着。

"啊，我想你应该没什么要紧事来拒绝我的邀请吧，好了，我就当作你们俩都答应了。"格莱森先生幽默地说道，他也知道迪克犹豫的原因。

迪克还没想好自己该怎么办，就已经跟自己的朋友一起走在第五大道上了。

迪克本来不是个容易害羞的人，可现在他却明显地感到自己有些羞涩，特别是当伊达·格莱森小姐特地走到他身边，而让弗斯迪克和她的爸爸妈妈走在一起的时候。

"你叫什么名字？"伊达高兴地问道。

我们的主人公正要回答"穿破衣服的迪克"的时候，突然转念一想，觉得在这样的场合，自己的绰号还是不要轻易出口为妙。

"迪克·亨特。"他回答。

"迪克！不就是理查德的姓吗？"伊达重复着他的名字说道。

"大家都叫我迪克。"

"我有个堂兄也叫迪克呢，他的名字叫迪克·威尔逊。我想你不认识他吧？"小姑娘问道。

"不认识。"迪克说。

"我喜欢迪克这个名字。"小姑娘的声音里面洋溢着一种动人的率真。

听到小姐这么说的时候，迪克显得有些说不出的兴奋。于是他也鼓起勇气问了小姐的名字。

"我叫伊达，你喜欢这个名字吗？"小姐回答。

"是的，当然喜欢这个名字了，这个名字真牛。"迪克说。

但是刚说完后，迪克的脸却不由得红了起来，因为他意识到自己的用词显然有些不雅。

但是小姐却发出了一阵银铃声般的笑声。

"你真有趣。"她说。

迪克结结巴巴地说："我并没有别的意思，我只是想说你有个很了不起的名字。"她又一次笑出声来，迪克恨不得自己马上回到莫特大街去。

"那你能告诉我你几岁了吗？"伊达继续问道。

"14岁，马上就要15岁了。"迪克说。

伊达说："哦，看起来你的个子真高，我堂兄比你大一岁，可他还没有你高呢。"

迪克很高兴，男孩儿当然喜欢听别人说自己个头高了。

"那你多大了呀？"迪克问道，他现在感觉自在多了。

"我9岁，现在在佳维斯小姐的学校上学。我开始学法语了，你懂法语吗？"伊达说。

"你别开玩笑了。"迪克说。

伊达又笑了起来，她越来越觉得迪克有趣了。

"你喜欢法语吗？"迪克问她。

"很喜欢，除了那些动词有点讨厌以外。我老是记不住那些动词。你在上学吗？"伊达说。

"我现在请了一个家庭老师在教我。"迪克回答。

"真的吗？我的堂兄迪克也是。他今年就要上大学了。你是不是也要上大学啊？"

"哦，今年还上不成。"

"你今年要是也上大学的话，也许还能和我的堂兄分在一个班呢。如果一个班里有两个迪克，肯定非常有趣。"

他们走过第二十四大街的时候，经过左边的第五大道酒店，在一座有着棕色石头门的富丽堂皇的房子前停了下来。他们按响了门铃，门打开了。两个孩子有些局促地跟着格莱森先生走进了一个很豪华的大厅。仆人招呼他们放好了帽子，然后他们就来到了一个很舒适的餐厅，那里的餐桌已经布置好了。

迪克在沙发边上坐着，使劲地揉着自己的眼睛。他简直不敢相信自己会在这么漂亮的大房子里面做客。

伊达努力地想让他们放松一点。

"你们喜欢油画吗？"她问。

"很喜欢。"弗斯迪克回答。

于是小女孩拿来一本雕版画册，在迪克身边坐下来。看得出她已经对迪克产生了好感，然后她把画展示给迪克他们看。

她指着一幅画解说道："这就是埃及的金字塔。"

"用来做什么呢？怎么连进门的台阶也没有呢？"迪克有些迷惑地问道。

"金字塔里面并是不住人的，对吗，爸爸？"伊达问道。

"是的，小乖乖。金字塔是用来埋葬死人的。其中一个最大的，有人说是世界上最高的建筑之一呢。但要是我没记错的话，应该有一个建筑比它还要高，斯特拉斯堡教堂的尖顶比它还要高24英尺呢。"

"离这儿很近吗？"迪克问道。

"唉，当然不是啦，埃及离这儿起码有四五百英里远吧。你不知道吗？"

"我还真的不知道，我可从没听说过那个地方的。"迪克说。

伊达的妈妈开口纠正道："伊达，你说的距离好像也不准确，四五千英里还差不多。"

他们在那里又闲聊了一会儿，便开始坐下来吃饭。迪克坐在椅子上觉得有些别扭。好像总怕做错什么事或者说错什么话。更令他不安的是，他似乎觉得每个人都在紧盯着自己的一举一动。

"你住在什么地方啊，迪克？"伊达亲切地问道。

"莫特大街。"

"莫特大街在哪儿啊？"

"有一英里多的距离吧。"

"那条街很漂亮吗？"

"不很漂亮，只有穷人才会去住的。"迪克说。

"噢，那你很穷吗？"

"女孩子别那么多话。"伊达的妈妈温和地打断了伊达的话。

而伊达却并没理会妈妈，继续说："要是你很穷的话，我可以把姨妈作为生日礼物送给我的那个5美元金币送给你。"

格莱森夫人说："我的孩子，迪克不能算是穷人的，他是靠自己的工作来谋生的。"

"你是自己养活自己吗？那你干的是什么工作呢？"伊达更加惊奇了，而且她的问题一个接一个，很难安静下来。

迪克的脸一下子红了起来。坐在这样的餐桌旁，身后又有仆人侍候着，迪克实在不愿说自己是个擦鞋匠，虽然他平时并不认为这有什么丢人的。

格莱森先生马上察觉到了迪克的尴尬，便开口解围道："伊达，你的问题太多了。这些迪克以后都会告诉你的，你知道，星期天我们是不应该谈论工作的。"

迪克窘迫地把一大勺热汤吞了下去，结果他的脸涨得更红了。虽然这是他有生以来吃到的最好的一顿饭，可是他又恨不得自己能马上回莫特大街去。弗斯迪克倒是比迪克轻松自在一些，毕竟他的流浪生活还不是很久。但伊达总是喜欢找迪克提问，她显然对迪克率真的性格和英俊的相貌更有好感。相信我们说过迪克长得很英俊，特别是他把脸洗干净的时候。由于迪克的坦诚、实在，所以使得他很容易博得那些跟他们有过接触的人的好感。

由于迪克是学着别人的方式就餐的，所以在餐桌上倒也没出什么大洋相，唯一让他难受的就是要用叉子来吃饭，他觉得这个动作的难度对他来说太高了点。

终于把午饭给吃完了，迪克松了口气。这时伊达又兴致勃勃地拿出一本带有精美插图的《圣经》，让他们看着玩。迪克很有兴致地看着书上的插图，尽管他对这些图画的内容不怎么了解。当然，可以想象，亨利·弗斯迪克比迪克懂得要多一些。

过了一会儿，两个孩子要跟着格莱森先生上主日学校去了。离开的时候，伊达拉着迪克的手说："迪克，你会再来的，是吗？"

"谢谢你，我会再来的。"此时的迪克觉得伊达是这个世界上最好的女孩。

格莱森夫人热情地说："是的，我们非常欢迎你们俩再来这里做客。"

"谢谢您，夫人，我们很喜欢到这儿来。"亨利·弗斯迪克感激地说道。

至于迪克他们是如何在学校过的，格莱森先生如何把迪克他们介绍到他的班上，我们就不多说了。格莱森先生发现迪克对宗教的典故一无所知，因此不得不从头开始给他讲起。其中迪克最喜欢的就是听小孩子们唱赞美诗，所以就决定下个星期天还要继续来上课。

做完礼拜以后，迪克和弗斯迪克走回家。这时迪克情不自禁地又想起了今天那位热忱欢迎他的甜美的小女孩伊达，真希望还能碰见她。

两人拐向莫特大街，已经看见他们的公寓了，弗斯迪克对迪克说："格莱森先生真是个好人，不是吗？"

"是啊，他把我们当作小绅士一样对待。"迪克说。

"伊达看起来好像对你很有好感。"

迪克说："她是个很棒的女孩，可她问了那么多问题，我都不知道该怎么回答。"

迪克的话还没说完，就看见一块石头突然朝着他的脑袋袭来。迪克本能地闪身躲过了石头，看见米奇在他们刚才拐弯的地方跑掉了。

迪克不是胆小鬼，他也不习惯忍气吞声。所以当他发现是米奇扔的时候，就立刻追了过去。米奇也预料到了这一点，所以拼命地跑着。本来迪克很难追上米奇，可是米奇的运气最近总是不好，当他跑进一条小巷的时候，身体失去了平衡，一下子重重地摔倒在地；紧接着头上又中了一镖，疼得他大叫了起来。

"哎哟！人家都摔倒了，你还要趁火打劫？"

"你为什么要对我扔石头呢？"迪克俯视着倒在地上的米奇问道。

"我只不过是向你开开玩笑嘛。"米奇说。

迪克说："要是打中了我的话，你一定会很得意吧？现在我也朝你的脑袋扔块石头，也只是跟你开开玩笑啊。"

"不要！"米奇惊叫道。

"这么好玩的事，轮到你头上怎么就不喜欢呢？"迪克说。

"我的胳膊好像都快摔断了。"米奇揉着他那条被摔伤的胳

膊可怜地说。

迪克说："要是真断了的话，你以后就不会再扔石块了，这也算是为民除害。要是你没有足够的钱再安一个木头胳膊的话，我可以借给你25美分。大冬天你也不会觉得冷的，这多好啊！难道不是吗？"

"你赶快走吧，我可不用你在这儿幸灾乐祸。"米奇阴沉着脸说。

迪克礼貌地向米奇鞠躬说："谢谢你好心的提议，我很乐意走开。但是你要再朝我扔石头的话，米奇·麦吉尔，我想我会让你比挨了石头还要难受。"

米奇绷着脸怒视着迪克没有作声，迪克现在完全占了上风，他觉得此时最好罢手。

"我的朋友在外面等我呢，我得走了，米奇·麦吉尔，你最好别再扔石块了，这对你没有任何好处，再见了米奇。"迪克说。

米奇嘴里嘟囔了几句，但是迪克并没有听见。迪克一边留意着倒在地上的米奇，一边慢慢地走出小巷，看到亨利·弗斯迪克正在等他回来。

"迪克，刚才那人是谁？"他问道。

"哦，是我的一个好朋友米奇·麦吉尔，他跟我开玩笑，扔石块砸我的脑袋，他这样做算是跟我打招呼。米奇把我当兄弟一样爱戴呢。"

"哦，那他可真是一个危险的朋友，要知道他刚才差点儿要了你的命。"弗斯迪克说。

"我刚才已经警告他下次别这么亲热了。"迪克说道。

"这个人我也认识的，他是五点大街的流浪汉头目。有一次因为一位先生让我擦鞋，而没找他，于是他就威胁说要打我。"

"他因为偷东西而被关到岛上好几次，不过我想他再也不会碰我了，他也只不过吓唬小孩子。要是他再来威胁你的话，弗斯迪克，你就告诉我，我就再让他尝尝挨揍的滋味。"

迪克说得没错，米奇只会欺负弱小的孩子，和别的那些仗势欺人的人一样，他是不会去招惹那些和他不相上下以及一些比他强大的人。他恨迪克，因为他觉得迪克总是在装腔作势，可是迪克那种不可侵犯的架势和对自己毫不客气的回击又让他有些胆怯。于是米奇决定，以后无论在哪里碰见迪克，只要狠狠地瞪着他就可以了。而迪克却认为，要是那样能让米奇好受一些的话，他倒也不介意。

在以后的几个星期里，迪克开始了一种崭新的生活。老鲍威利、托尼·帕斯托俱乐部等那些以前让他流连忘返的地方对他已经失去吸引力。他每天晚上都必须用两个钟头的时间来学习。他

的进步令人吃惊。迪克天资聪颖，而且又一直被一种"成为受人尊敬的人"的梦想鼓舞着。当然，亨利·弗斯迪克的耐心和毅力对他的帮助也很大，他确实是个很棒的老师。

一天晚上，迪克在一字不错地念完一段文章之后，弗斯迪克赞赏道："迪克，你的进步太快了。"

"真的吗？"迪克高兴地问。

"当然，要是明天去买一本练习写字的书，你明天晚上就可以开始学写字了。"弗斯迪克也很高兴地说道。

"你还会些什么啊，弗斯迪克？"

"算术，几何，还有语法。"

"哇，你会那么多啊！"迪克羡慕地说道。

"其实我也不是很会，我只是学过一点点罢了。我也想自己能学到更多的东西。"

"我的知识要是能和你一样多的话，我就很满足了。"

"你现在觉得这些东西很多，迪克，知道吗？如果再过几个月的话，你肯定就不会这样想了。当你的知识越丰富的时候，想学的东西就会越多。"

"那学起来总也没个完啊！"

"没错。"

"那照这么说，我岂不是要学到60岁，才有可能把所有的东西都学到？"

"差不多吧。"弗斯迪克笑着说。

"弗斯迪克，我觉得你懂得的东西真多，你不应该做擦鞋匠的，像我这样什么也不懂的人才会去做擦鞋匠的。"

"你很快就会变得有知识的，迪克。"

"不过，我还是觉得你应该到办公室或者会计处这样的地方找份工作。"

"我自己也想啊，我擦鞋真的不行。你挣钱比我多很多。"

"那是因为我不害羞。我总是卖力地找活儿干，就像小猫随时盯着牛奶一样。弗斯迪克，你干脆别去擦鞋了，找份工作学做生意吧。"

弗斯迪克说："我也想过，但是有谁会雇佣一个穿得破破烂烂的人呢？"他低头看着自己的衣服，虽然他自己也很尽力地让它保持干净和整洁，可无论自己怎么小心，他的衣服还是破烂不堪了。衣服上到处残留着鞋油的污渍，这虽然可以为他的擦鞋生意做广告，可是看上去毕竟不太雅观。

"你知道吗？上个星期天上主日学校的时候，我真恨不得待在家里别出来，因为我觉得每个人都在盯着我这身又脏又破的衣服。"他接着说。

迪克慷慨地说："要不是我的衣服比你大两号的话，我倒愿

意跟你换换，可是现在你要穿我的衣服出门的话，别人肯定会觉得你穿错你叔叔的衣服。"

"你真是个好人，连衣服也舍得跟我换，你的衣服比我的好多了，可你要是穿我的衣服也不合身呀。我的裤子会让你的脚踝露出来一大截，你吃饭的时候，绷紧的背心可能把你的纽扣撑断。"弗斯迪克说。

"那的确是不太方便，对了，"迪克好像突然想到了什么，"我们在银行里存了多少钱？"

弗斯迪克从口袋里掏出一把钥匙，把抽屉打开，拿出存折，检查他们的存款。

迪克的存款有18美元90美分，弗斯迪克有6美元45美分。他们相差很多的原因是迪克一开始就把惠特尼先生送他的5美元存进了银行。

"加起来有25美元35美分，迪克，"弗斯迪克回答道，他不知道迪克怎么突然想起了这些。

"我们把钱拿出来去给你买一套衣服。"迪克果断地说。

"你说什么？也包括你的钱？"

"当然啦。"

"不不，迪克，你太慷慨了，可我不能要的。这里有四分之三的钱都是你的，你还是自己花了吧。"

"可我现在用不着它们啊。"

"是的，你现在还不需要，可你以后会需要的。"

"那没有关系的，我还会再挣一些的。"

"也许吧。可是让我用你的钱不公平，迪克。我谢谢你的好意。"

"好吧，就算是我借给你的总行吧，等将来你有钱了之后你再还给我吧。"迪克坚持道。

"可我将来不一定会变成有钱人啊。"

"那你怎么知道呢？我以前算过命，她说我出生的时候有福星高照，将来肯定会跟一个有钱人做朋友，让他帮助我发财的。说不定就是你呢。"迪克说。

弗斯迪克不禁笑了起来，不过他仍然拒绝迪克的好意。迪克却也非常坚持。经过再三地推让之后，弗斯迪克才答应借迪克的钱来买衣服。

这让迪克非常高兴，他开始以极大的热情来帮助朋友实现他的计划了。

于是第二天，他们从银行里把钱取了出来，在下午擦鞋生意不太忙的时候，他们便出去买衣服了。迪克对纽约很熟悉，知道在哪儿可以砍价买件好衣服。他决定不管怎么样都要给弗斯迪克买套像样的衣服，哪怕把所有的钱全都花光也没关系。最终，

他们花了23美元为弗斯迪克买到了一套漂亮的衣服，包括两件衬衣、一顶帽子、一双鞋，还有式样很不错的外套。

"先生，需要我们把衣服送到你们家去吗？"售货员问道。

"谢谢，你想得真周到，衣服我们自己可以带回家的，就不用麻烦你们了。"迪克说。

"好的，那欢迎你们下次惠顾。"售货员笑道。

他们回到住处以后，弗斯迪克立即换上了这身新衣服，衣服非常合身。迪克在旁边看了也很满意。

"现在你看起来真像一个有钱的年轻绅士，对得起你的老板了。"迪克说。

"迪克，你是在说你吧。"弗斯迪克笑着说。

"自然啦。"

弗斯迪克作为迪克的老师，总是不断纠正迪克语言上的错误说："你应该说当然。"

"你竟然敢挑你老板的毛病？我要扣掉你一先令，你这狗东西，在老鲍威利演的戏里面，马奎斯就是这样对他的侄子说话的。"迪克很滑稽地表演着。

第 **10** 章

弗斯迪克换了工作

弗斯迪克在出去擦鞋的时候，从来都不穿这件新衣服，他觉得那样太奢侈了。一到早上10点过后生意不好的时候，他就回到家，换上那身新衣服，再到一些宾馆或酒店里去看放在那里供人免费阅览的《先驱早报》和《太阳报》，搜索一些招聘小工的资讯，然后才去应聘。

但是，他自己也发现求职并不是一件很容易的事情。在纽

约，有成群的男孩失业，而要在50到100个人申请一个职位的竞争中获胜，当然也不是那么容易的。

另外他还遇到一个困难，很多招聘小工的条件都要求他跟父母住在一起，而每次弗斯迪克则只能告诉对方，自己是个无家可归的流浪儿；所以，他理所当然地被人一再拒绝。因为商人们对流浪儿通常都不敢信任。

被拒绝了50次之后，弗斯迪克十分沮丧。他本来期待着能找到一份工作，为了逃脱这个并不适合自己的擦鞋行当，现在看来希望并不是太大。

一天，他丧气地对迪克说："我真不明白，难道我真的只有擦一辈子的皮鞋吗？"

"振作起来，等到有一天你的头发变白的时候，也许你会有机会为老鲍威利某个大公司跑跑差，等着瞧吧。"迪克总用他诙谐的口气和乐观的态度不断地给弗斯迪克鼓劲。

"而我呢，我希望我老了的时候，能够通过擦鞋存到一大笔钱，在第五大道买一幢房子，过上王子般的生活。"迪克说。

一天早上，弗斯迪克在法国大酒店的《先驱报》上看到一个这样的招聘广告：

帽子专营店招聘男性雇员，要求聪明能干，手脚麻利。起薪每周3美元。有意者请于上午10点以后到百老汇大街商店应聘。

他决定再次前去应聘。于是，在市政厅的大钟响了10下以后，他连忙赶往那家距离阿斯托大厦只有几个街区的商店。这家商店很好找，弗斯迪克赶到的时候，发现已经有一二十个男孩在商店门口排队等候了。他们都站在那里斜着眼睛互相打量着，权衡着自己战胜这些竞争对手的机会有多大。

弗斯迪克对陪他一起来的迪克说："看来又没什么希望了，看看那些男孩，他们大部分都有稳定的家庭，也许好多都是有介绍人的，可我什么都没有。"

"没事的，试试吧，你的机会也不一定比他们小的。"

他们正在说话的时候，一个穿戴十分体面而且十分得意的男孩转过身来对迪克说："我以前见过你。"

迪克看了他一眼，就跟他兜圈子，说："哦，真的吗？那说不定你之后还想见到我呢。"

他风趣的回答，立刻使所有的男孩都大笑起来。当然问话的那个男孩觉得迪克对他很不尊重。

"我是说，我在什么地方看见过你。"他很肯定地又纠正了一遍。

"那倒很有可能，我什么地方都去过的。"迪克回答。

结果，这个有意挑衅的罗斯韦尔·克劳福德小绅士又一次讨了个没趣，可是这次他下决心要报复，毕竟没有一个男孩会甘心受到别人的奚落。"我认识你这个无赖，你只不过是个擦鞋匠而已。"

这话立刻让周围的男孩吃了一惊，因为迪克穿得很体面，看起来根本不像擦鞋匠。

迪克说："是又怎么样呢，你难道有意见么？"

罗斯韦尔撇着嘴说："当然没有意见了，可是我觉得，你最好还是待在你原来的那个地方擦鞋去吧，别妄想到店里来找份工作。"

"谢谢你好心的建议，那你的建议是免费的还是收费的呢？"迪克说。

"你这个无耻的家伙！"小绅士有些恼了。

"哈哈，你真是太客气了。"迪克反而更加礼貌起来。

"你胆敢跟绅士的儿子一起竞争职位，这家商店难道会安排一个擦鞋匠来工作么？那可真是笑话。"

孩子的心理和大人一样的自私，对他们来说迪克现在的确成了一个潜在的竞争对手，所以观战的男孩们似乎都和罗斯韦尔站在同一立场。

"就是嘛。"其中一个男孩附和道。

迪克说："别自以为是了，我又不是来和你们竞争的。我可不愿为一份一星期3美元的工作而放弃以前那份自由又赚钱的工作。"

罗斯韦尔·克劳福德很不高兴地讥讽道："你们都听他说些什么！你既然不想申请这个职位，那到这儿来干吗？"

"我是陪我的朋友一起来的，他打算要来申请这个职位。"迪克说。

罗斯韦尔傲慢地说："他也是个擦鞋匠吗？"

"你说什么？他也是擦鞋匠？你难道不知道他的爸爸是国会议员，认识美国所有的大人物吗？"迪克也傲慢地回敬道。

所有的男孩现在都盯着弗斯迪克，他们对迪克的话半信半疑，因为迪克说这些话的时候，并没有用肯定的语气，而是用一个反问给带过了。这些男孩们还没反应过来的时候，店主已经走到了门口，他扫视了一下等候的人群，最后把罗斯韦尔·克劳福德叫了进去。

"嗯，小伙子，你多大了？"店主问道。

"14岁。"罗斯韦尔规规矩矩地回答。

"你的父母都在身边吗？"店主接着问。

"我爸爸去世了，只有我妈妈还在。我爸爸可是个绅士。"

他有些得意地补充道。

"哦，是吗？你就住在本城吗？"

"是的，我住在克林顿区。"

"你以前工作过吗？"

"是的，先生。"罗斯韦尔有些不情愿地回答。

"以前在哪儿工作？"

"在总督街的一间办公室。"

店主看了看他说："你在那里干了多长时间？"

"一个星期吧。"

"时间可真够短的。你为什么不干了呢？"

"因为办公室的人想让我每天早上8点钟就到办公室，把壁炉的火点燃。我是个绅士的儿子，怎么能做这么脏的活儿呢。"罗斯韦尔傲慢地说。

"那是！这样吧，年轻的绅士，请你先等一会儿。在做决定之前，我还想问问其他的男孩。"店主说道。

于是又有几个男孩被叫进来问了几个问题。罗斯韦尔站在边上洋洋得意，他觉得自己获选的可能性比他们都大。"老板见我是个绅士，一定会相信我并且选中我的。"他暗想。

终于叫到了弗斯迪克，他走了进去，心里并没抱太大希望。他不像别的孩子一样，他对自己的资历抱着很低的姿态。但是，正是他这种谦虚诚恳的态度使他显得质朴厚道，丝毫不矫揉造作，从而打动了这位明智店主的那颗仁慈的心。

"你就住在城里吗？"他问道。

"是的，先生。"弗斯迪克回答。

"你今年多大了？"店主问道。

"12岁了。"

"以前做过什么工作吗？"

"没有，先生。"

"我想看看的字写得怎么样。"店主说。

弗斯迪克与同龄的孩子相比，写得一手漂亮的好字。而罗斯韦尔在前面的写字测验中，却写得歪歪扭扭，非常难辨。

"你和你的父母住在一起吗？"

"没有的，先生。他们都去世了。"

"那你住在什么地方呢？"

"莫特大街。"

罗斯韦尔听到他说莫特大街立刻又把嘴给撇了起来。因为纽约人知道，莫特大街离五点大街很近，是个比较僻陋的地方。

"那你有别人的推荐信吗？"店主亨德森先生问道。弗斯迪克不禁犹豫起来，这一下子提到他担心的地方了。

正在这时候，格莱森先生非常巧地走进了这家店铺，他想给

自己买一顶帽子。

"好呀，我想请这位先生做我的推荐人。"弗斯迪克立即说道。

格莱森先生招呼道："你好，弗斯迪克，你在这里做什么啊？"

弗斯迪克说："先生，我在这里应聘一份工作，您可以做我的推荐人吗？"

格莱森先生笑着说："当然可以了，能为你说几句话我也很荣幸的。亨德森先生，他是我的主日学校的学生，我可以为他的品行和能力做保证的。"

店主他深知格莱森先生的崇高品格和社会地位，于是就说："那就够了，有您作为推荐人，再合适不过了。这样吧，你明天早上7点半就到我这里来上班吧。刚开始6个月的薪水是每周3美元。要是我满意的话，6个月后我可以给你加到5美元。"

听到这些，别的孩子都失望了，特别是罗斯韦尔·克劳福德。他非常想不通，一个住在莫特大街的男孩竟然胜过了他这个绅士的儿子，他觉得这简直是一种耻辱。于是他充满敌意地高声嚷道："他是个擦鞋匠，你问问他是不是。"

"可他是个诚实聪明的孩子，而你呢，要是你的品格能有他的一半好就不错了。"格莱森先生说。

罗斯韦尔和那些应聘失败的男孩只好都愤愤不平地离开了商店。

"怎么样了，弗斯迪克？"一直在外面等候的迪克看见弗斯迪克走出来，连忙问道。

"那份工作我得到了，多亏格莱森先生帮我说了好话。"弗斯迪克高兴地说。

"他可真是个好人啊。"迪克也兴奋起来。

这时，格莱森先生也走出来，和蔼地同他们聊了起来，并向弗斯迪克表示祝贺。

迪克和弗斯迪克对这次申请成功感到高兴。薪水虽然少了点儿，但是只要节俭一些，加上迪克为他提供免房租来作为对他的回报，这些钱弗斯迪克觉得已经够用了。而且迪克也决定，等到他受到足够教育的时候，也要学弗斯迪克的样子。

迪克对弗斯迪克说："那你还愿意跟一个擦鞋匠住在一起吗？你现在已经是步入商界了。"

弗斯迪克感激地抱着我们的主人公说："我再也找不到像你这么好的室友了，迪克，除非你提出来，不然的话我是不愿意和你分开的。"

就这样，弗斯迪克开始了他的新职业。

第二天早上，弗斯迪克起得很早，他穿上那身新衣服，吃完

早餐，就到百老汇大街的那家帽子专营店去了。他把自己的擦鞋箱放在房间里。

他说："留着它来擦我自己的鞋吧，也许哪天我还得回来靠擦鞋谋生呢。"

"不会的，以后啊，顾客们的脚就由我来照顾了，而他们的头就由你去照顾吧。"迪克说，"现在你在帽子店工作啊！"

"我希望你也能找到一份工作。"弗斯迪克说。

"我现在学的东西还不够呢，等我能毕业了以后再说吧。"迪克笑了笑。

"到那时的话，你的名字后面还要加上一个A.B.的字样。"

"那是什么意思？"

"哦，它的意思就是文科学士。大学生毕业后可以拿这个学位。"

"噢，我还以为它代表的是一个擦鞋匠的首写字母呢。我还想着现在就把它加上呢！迪克·亨特A.B.，哈哈，听起来的确很棒。"

"我得走了，第一天上班不能迟到的。"

"是啊，你现在不一样了，我就是自己的老板，要是我迟到的话，没人会理我的。不过，我也得走了。"

于是他们在中央公园分手。弗斯迪克穿过公园，一直向帽子店走去。而迪克却把他的裤腿一卷，开始四处游荡，寻找顾客。迪克很少需要等很长时间。而且只要有生意，他立刻就能做成。而他现在似乎有着比以前更强烈的动力来积极地揽活儿，因为他银行里的存款借给弗斯迪克以后，已经没有多少了。他决定尽量节约，尽最大努力地读书学习，以便自己将来也能像弗斯迪克一样到某家商店或者会计事务所找份工作。

因为在接下来的9个月里没有发生重要的事情，我想我还是跳过去吧。就这样9个月过去了，而弗斯迪克仍然在那家帽店里工作，他的表现让店主亨德森先生非常满意，他的薪水也已经变成每星期5美元。他和迪克仍然住在莫里夫人的公寓里，两人的生活还是十分节俭，因为他们都想尽可能地多存些钱。迪克的生意也出奇地好，而且还有了几位固定的顾客，他们都是被迪克的机灵和幽默所打动的，其中有两位还送给迪克一些衣服，这让迪克省了不少买衣服的钱。除去这些馈赠，迪克现在的收入平均是每星期7美元。其中1美元用于支付他和弗斯迪克每星期的房租，剩下的一半可以存起来。这样，9个月或者说39个星期过后，迪克的存折上已经达到了117美元。我们可以想到，当迪克看见自己存折上那一长串数字的时候，是多么自豪，他觉得自己好像变成了一个资本家。

当然，别的擦鞋匠挣的钱也未必比迪克少很多，可他们对自

己的未来没有任何的打算，挣到的钱都随手花光了。因此，哪怕只是银行存折上极少的数额，他们也很难拥有。

一天晚上，亨利·弗斯迪克对他说："总有一天你会变成个大富翁的，迪克。"

"我想要是到了那时候我就可以住在第五大道了。"

"这可说不定，奇迹总会发生的。"

"真的，要是真的发生不幸，我会像个男子汉一样把它承担下来的。弗斯迪克，要是你看见第五大道有哪幢公寓卖117美元的话，就赶紧告诉我，我打算把它买下来当作投资。"

"要是在250年前的话，那样的价钱倒是可以买得到。当时印第安人的房地产都卖得很便宜。"

"真是不幸啊，我要是能早点儿出生就好了。那样的话我就也可以当个印第安人，用这笔钱买一栋漂亮的房子了。"

当然，除金钱之外，迪克还获得了许多更有价值的东西。由于迪克每天晚上都坚持学习，所以也取得了很大的进步。他的阅读能力现在不仅准确流畅，还能写得一手工整的好字，另外还学会了算术。此外，他还学了一些语法和地理知识。有些在正规学校上学的孩子读了很多年的书，也未必有他知道的多。穿破衣服的迪克虽然只是在晚上学习，却在不到一年的时间内就有神速的长进，这让人觉得有些不可思议。但是有一点我们别忘记了，因为迪克有着一种非常强烈的进步欲望，如果哪位读者也具备了这一点并且付出了努力的话，我想对于迪克的成功也就不足为奇了。因为他心里很明白，长大后要成为受人尊敬的人，就只有不断地完善自己并努力工作。何况迪克本身又是一个聪明的孩子，他在大街上学到的知识不仅使他增长了才干，而且教会了他自力更生的意识和本领。但是他也明白，要达到自己的目标，仍需花很长一段时间，可他有足够的耐心朝这个方向去努力。他知道今后的成功只能依靠自己，同时也必须最大限度地开发自己的潜能，这正是十分之九的成功者的秘密所在。

一天晚上，在学习完毕之后，弗斯迪克说："迪克，我觉得你很快就应该另外再找一个老师了。"

迪克有些吃惊地问道："为什么呢？你又换了一份更好的工作吗？"

"不，因为我发现我把自己的全部学问都教给你了，你现在已经和我不相上下了。"弗斯迪克说。

"真的吗？"迪克激动地问道，由于兴奋，在他那棕色的脸颊上泛起阵阵红晕。

"是的，你的进步很大。现在不是有个夜校已经开班了吗？我觉得，我们俩这个冬天可以到那里去学习。"

"太好了，我早就想去了。你知道，刚开始学习的时候，我

害怕别人笑我无知。弗斯迪克，现在我的学问真的和你一样多了吗？"

"当然啦，迪克。"

"弗斯迪克，是你把我变成这样的，我必须感谢你。"迪克高兴地说。

"迪克，你不是已经付给我报酬了吗？"

"那只不过是帮你付房租而已，算得了什么呢？拿它来补偿学费的话连一半都还不够呢。我应该把我一半的积蓄都分给你，这是你应该得到的。"迪克激动地说。

"谢谢你，迪克，你太慷慨了。其实你也帮了我很多啊！别人都在欺负我的时候，你把我收留了，还又花钱给我买衣服，让我变成了今天的这个样子。"

"噢，那都不算什么的。"

"你对我的帮助实在太多，迪克。我永远都不会忘记的，不过现在，我觉得你应该去找份工作了。"

"可是我学到的东西够用了吗？"

"你和我知道的一样多。"

"那我去试试吧。"迪克下决心说。

"我真希望我们店里还有一个空缺职位，要是我们俩能够在一起工作该有多好呀。"弗斯迪克说。

　　"这倒没关系的，机会也多得很。说不定斯图尔特正需要一个合伙人呢。我只要求能跟他分享四分之一的利润就满足了。"

　　"啊，看来你这个合伙人的要求并不是很高呀！不过，斯图尔特先生可不一定会要一个住在莫特大街的合伙人啊！"弗斯迪克笑着说。

　　"我也许会搬到第五大道去住，但是我对莫特大街可没什么偏见。"

　　"我也没有，其实，我总在考虑等我们俩有了钱以后，就搬到别的地方去住。莫里夫人好像没有把房间打扫干净的习惯。"

　　"是啊，无论房间有多脏，她好像看着都很顺眼。你瞧那块毛巾。"迪克拿起手中那条又脏又皱的毛巾，它已经用了一个星期，几乎没有洗过。

　　"是的，我也对这里有些厌倦了，我们可以另找一个价格相当的地方。我们搬了以后，我的那份房租就由我自己来付了。"

　　"到时候再说吧，你觉得我们应该搬到第五大道上住吗？"

　　"现在当然不行了，但我们可以找别的更合适地方试试。等你找到工作以后，我们就去找吧。"

　　有一天，当迪克在中央公园附近徘徊，寻觅顾客的时候，他突然发现一个比他小一岁的男孩，看起来好像一直在哭。

　　"汤姆，出什么事了？你今天运气不好吗？"迪克问道。

"挺好的，只是我妈妈上个星期把胳膊摔断了。我们明天就该付房租了，房东说要是我们不付的话，就要把我们赶出去。"男孩回答。

"难道除了你擦鞋挣的钱，就没有别的收入了吗？"

"现在没有，以前妈妈一个星期可以挣三四美元，可她现在什么也干不成了，而我的弟弟妹妹又都还很小。"

迪克立即对汤姆产生了同情。他自己也经历过贫穷，知道为贫穷所迫的滋味有多难受。他知道汤姆·维尔金是个好孩子，从不乱花钱，每次挣到的钱以后都老老实实地拿回家交给母亲。在迪克过去乱花钱的时候，他曾经有过两三次邀请汤姆跟他一起去老鲍威利或者托尼·帕斯托俱乐部，可汤姆每次都谢绝了。

"我很难过，汤姆，你们现在欠了多长时间的房租？"

"两个星期。"

"多少钱一个星期呢？"

"一星期2美元，到现在已经欠了4美元。"

"那你现在筹到足够的钱了吗？"

"没有。我把挣的钱都给我妈妈和买我们吃的了。虽然我干活儿非常卖力，可我现在不知道该怎么办了。我们就快要走投无路了；妈妈的胳膊肯定会被冻坏的。"汤姆难过地说。

"你难道不能到别的地方去先借点儿钱吗？"迪克问他。

汤姆沮丧地摇摇头说：“我认识的人都和我一样穷，他们要是有钱的话，肯定会帮我的，可现在这些人都自身难保啊！”

“汤姆，我是你的朋友，就让我来帮你吧！”迪克立即说道。

“你怎么帮我啊？你有钱吗？”汤姆有些怀疑地问。

“有钱吗？你难道不知道我在银行里有账户吗？你需要多少？”

“4美元，要是明天晚上我们交不起房租的话，就会被赶出去了。你有4美元吗？”

迪克从他的口袋里掏出钱来说：“这里是3美元，我明天再借给你1美元，也许还可以再多借给你一点儿。”

“你真是个好人，迪克，难道你现在不需要钱吗？”

“哦，我自己还有。”

“也许这些钱我永远也还不起的。”

“就算你还不了我的钱，我也不会饿死的。”

“我永远都不会忘记你对我的帮助，迪克。我真希望自己在什么时候也能帮上你的忙。”

“没事的，我应该帮助你，我自己没有妈妈需要照顾，有时候我还真想自己能有个妈妈。”

当迪克说到最后四个字的时候，不免有些伤感起来。不过他

毕竟很乐观，从来不会无谓的伤感，所以他没一会儿就又振作起来了。于是，他对汤姆说："明天见，汤姆。"说完便吹着口哨离开了。

给汤姆的3美元是迪克本来准备这个星期存起来的钱。今天是星期四下午，他准备从星期五和星期六的收入里扣除房租，然后把剩下的钱存起来。但为了履行对汤姆的承诺，迪克还得动用银行里的存款才行。迪克通常是不轻易动用存款的。可他觉得自己如果能帮到汤姆却坐视不管，那可是一种很自私的行为。可是迪克没有想到的是，他回到家的时候，一个不幸的意外正在等着他呢！

第 11 章

存款遗失

上一章结尾的时候，我们提到了迪克一点都没想到回家后等着他的是一个巨大的意外事件。

因为答应了借钱给汤姆·维尔金，迪克到家就打开放着他和弗斯迪克的存折的抽屉，结果，让他惊讶和不安的是，抽屉里面全都是空空的。

"弗斯迪克，你过来看看。"他说。

"有什么事啊，迪克？"弗斯迪克说。

"我的存折不见了。你的也不见了。它们能跑到哪儿去了？"

"我的存折今天我拿走了，我想再多存一点钱。它现在就在我的口袋里。"

"那我的存折跑到什么地方了？"迪克不解地说。

"我不清楚，早上我拿自己的存折的时候还看到它在呢。"

"你肯定吗？"

"是的，我还看了看你存折上的数目呢。"

"那后来，你把抽屉锁好吗？"

"锁好了啊！你打开的时候它没有上锁吗？"

"是锁着的，但它不见了。是不是有人用钥匙打开抽屉以后，又把它锁上了？"

"这个可能性很大。"

"我怎么就这么不顺利呢！"自从我们认识迪克之后，这是他第一次感到沮丧。

"迪克，别这样。你丢的不是钱，只是存折而已。"弗斯迪克安慰说。

"这不是一回事吗？"

"不，你可以明天一早赶快去银行，你把存折丢了的事情告诉他们，让他们不要把钱支付给除了你之外的任何人。"

"那好，万一小偷今天去取钱呢？"迪克燃起了希望。

"如果这样，银行也可以通过签名的笔迹找到他。"弗斯迪克说。

"我很想自己抓住这个贼，一定要好好教训教训他。"迪克愤怒道。

"小偷一定是我们这个公寓里的人。要不我们去找莫里夫人，她或许知道今天是不是有人进了我们的房间。"

他们走下楼梯，来到莫里夫人的起居室，夫人通常晚上在这里。这是个很简陋的房间，地板上铺的地毯非常破旧，墙壁粘着一张大墙纸，很多地方已斑驳陆离，甚至脱落下来，墙壁上那些脏的石灰泥完全露出来。可是莫里夫人丝毫不介意。虽然房间显得那么脏，但在这栋公寓里已经是最舒适的房间之一。此时，她正坐在一张很小的松木工作台旁边，认真地缝补着一双袜子。

"晚上好，莫里夫人。"弗斯迪克有礼貌地问候。

"晚上好，坐吧，自己找椅子坐下来。你们看呀，我忙着补袜子呢，像我这样一个可怜的寡妇，是没有空闲的时候。"女房东回话道。

"莫里夫人，我们不会打扰您很久的，我的朋友在房间里丢了东西，所以我们就过来问你。"

　　"什么？"女房东叫起来，"你们不会怀疑我是小偷吧？虽然我穷，可我一直都没做过这种事，如果不信，你们可以找房客去问问。

　　"我们不是这个意思，莫里夫人。但是住在这里的人不都是诚实的呀！我的朋友丢了存折。今天早上还在抽屉里，可是晚上就找不到了。"

　　莫里夫人问道："丢了的存折里有多少钱？"

　　"有100多美元吧。"弗斯迪克说。

　　迪克说道："我全部的财产全放在那里啊，我准备明年用它来买房子的。"

　　莫里夫人感到有些意外，她还真没看出迪克竟然有那么多钱，不禁对迪克更加尊敬了。

　　她问道："抽屉锁上了吗？"

　　"是的。"

　　"应该不是布莱吉特，她不知道钥匙的。"

　　"她可能连存折是什么东西都不懂呢！"弗斯迪克说，"您今天看到其他人走进我们的房间吗？"

　　莫里夫人突然说："会不会是吉姆·塔维斯干的？"

　　吉姆·塔维斯是个服务员，在马尔贝利一间低级的酒吧工作。他住在公寓有好几个星期了。他长着一副粗俗的样子，使人不由自主地想到他是个喜欢偷酒喝的酒鬼。他的房间就是对着迪克的房间，他们俩常常看见他喝醉后一边爬楼梯，一边嘴里骂着脏话。

塔维斯有几次邀请迪克和弗斯迪克到他工作的那家酒吧去坐坐，喝点东西。可是迪克和弗斯迪克从来没有去过。部分是因为他们晚上都有更好的事情做，另外就是谁都不喜欢接近这位塔维斯先生，他的样子和行为都不招人喜欢。

"您为什么认为是塔维斯呢？他白天通常都不在家呀。"弗斯迪克问道。

"他今天在家。因为他感冒了，回家来取一条干净的手帕。"

"您看见他了吗？"迪克问。

"是的，当时布莱吉特在晾衣服，是我开门让他进来的。"莫里夫人说。

"我猜他是不是有一把钥匙能够开我们的抽屉。"弗斯迪克说。

"是的，"莫里夫人说，"两个房间的衣柜是相同的，我在一次拍卖会上买来的，极有可能衣柜的锁都是同样的。"

"一定是他。"迪克看着弗斯迪克说。

弗斯迪克回答："是的，他很可疑。"

"我现在该怎么做？我很想知道。他当然不会承认，而且他并不是笨蛋，不会把存折放在自己的房间里。"迪克说。

"要是他没到银行去取钱，那就好了，你明天早上第一件事就是去银行，让他们不要付钱。"弗斯迪克说。

"希望如此。"迪克很无奈地说。

其实，迪克现在就像一个跌落谷底的商人一样，心情沉重。好不容易在银行里存了100美元，这使迪克感到有一种得以自力更生的感觉。富有是相对的，迪克认为自己和那些富人同样的富有。他已经慢慢享受到自己所获得的努力，及拥有属于自己的财富的快乐了。这不是因为迪克贪图金钱，这是一种自己为自己带来的满足感；也是对自己能力的一种明确，特别是能帮上汤姆·维尔金的时候，他意识到这是空前的愉快。

除了这些，还有一件事情让他烦心，将来他找到一份工作，每周的收入最好也不过3美元，当擦鞋匠也不止挣这个数目。而他每周的费用，即使不买衣服，也需要4美元。为了补够这个赤字，他得靠这些存款，至少能够让他支持一年。要是不能够找回那存款，他可能还要继续当6个月的擦鞋匠，这让迪克感到出奇的沮丧，他们俩晚上也都没心思学习了。

他们开始讨论是否应该去找塔维斯问话，但是弗斯迪克表示反对。

"他一定否认的，我们最好保持安静，观察他，只要事先通知银行，他就无法取到钱。如果他去了，当他取钱时，银行就会让警察把他当小偷抓起来。"

这个建议似乎有道理，迪克决定采纳弗斯迪克的建议。总之，他现在认为事情不是他最初预测的那样可怕，心情不由得好了一些。

"我真想不通，他是怎么知道我有存折的呢？"迪克说。

弗斯迪克想了想说："你还记得起吗？前些天的晚上，我们说起过存款的事。"

"是的。"迪克说。

"当时我们的门里开着一条缝；我听见有人上楼来，还在门口站了一会儿。那人很可能是吉姆·塔维斯。他应该是那时候听见我们说钱的事，今天看到房间没人就把存折偷走了。"

这可能是（也可能不是）正确的解释，但它听起来确实可能。

他们开始准备关灯睡觉的时候，突然听见有人在敲门。打开一看，那个人正是他们的邻居吉姆·塔维斯。塔维斯虽然年轻，却面色苍白，长着黑发和红眼睛。

他偷看了一下这两个男孩，结果这扫视并没有逃过男孩们的眼里。

"你们还好吗？"他说着，就坐上房间里仅有的两张椅子中的一张上。

"很好，"迪克说，"你呢？"

"疲倦得像只狗一样，"他回答道，"干起活来就很认真，工资却少得可怜，我的生活就是这样糟糕。今晚我本来想去剧院，可是实在没办法，买不起票呀。"

说着，他赶紧瞧了瞧男孩们一眼，结果从他们俩脸上什么也没有发现。

他接着问："你们两个不常出去，对吧？"

"是的，"弗斯迪克说，"晚上我们要学习。"

"太郁闷了，"塔维斯鄙夷地说，"学习有什么用处？你们难道还要当律师什么的吗？"

"有可能的，"迪克说，"我还没决定。如果我的公民朋友们想让我进入国会，我也不能使他们失望呀！因此我必须多学习并且准备着。"

"哦，"塔维斯突然说，"我累了，要回去了。"

弗斯迪克说："晚安。"

看着塔维斯走出去的瞬间，两个男孩互相看了一眼。

"他来打听我们，想看看我们是否已经意识到那张存折丢了。"迪克说。

"他告诉我们说他没钱，是想让我们不要对他起疑。"弗斯迪克又说道。

"一定是了，"迪克说，"我真想去搜寻他的口袋。"

弗斯迪克的推测没错，吉姆·塔维斯确实是那天偷听了迪克和弗斯迪克的交谈，才获悉迪克有一笔存款，偷存折的人就是他。

现在，塔维斯的计划和多数同行一样，那就是如何花费这笔自己平时根本赚不到的财富。他不想去酒吧上班，所以很高兴能找到其他赚钱的门路以供自己的花费。近来他收到以前的一个朋友的来信，对方在加利福尼亚州谋生，正计划投资在一项矿物开发产品上。他写信给塔维斯说自己已经赚了2000美元，估计用不着半年时间，他就能发财。

2000美元！这对塔维斯来说，实在是个很诱人的数目，也给他无限的希望。他立刻被朋友说服了，决心去加利福尼亚碰运气。

目前他每月只能有30美元的收入，远不能满足他的欲望。于是，他决定等有足够旅费，就乘船到那个遍地黄金的地方去。

那个时候，乘船的最低票价是75美元，虽然数目不是很大，但对于吉姆·塔维斯来说，还是很难筹到这些钱。他现在只有2美元25美分现金，其中1美元50美分还是从一个洗衣妇那里借来

的，当然，这对吉姆·塔维斯来说不值得一提，他从来都没有把债务放在心上。但这跟他的旅费要求相差实在太远。

塔维斯曾经要求两三个朋友借钱给他，可他们是从来不存钱的人，今天收入多少就会用多少。一个朋友借给他37美分，另一个也只能给他1美元。这些只能让他灰心丧气。正当他准备打消这个念头的时候，却让他听到了迪克存款的事情。

177美元！这些钱足已支付他的旅费，而且，还够他到达旧金山以后到朋友的矿场上。他仔细地看准时机，最后决定将迪克的钱偷出来。他观察到两个男孩白天都不在家，趁早上的时候就返回来，不巧被莫里夫人碰见了；他干脆说自己感冒了，回房间拿手帕。对此莫里夫人并没觉得不妥，然后回到厨房继续忙她的事了。

塔维斯偷偷进入迪克的房间，可以放钱的地方只有衣柜里的抽屉，而且只有一个衣柜抽屉是锁着的，这让塔维斯更加相信里面放着钱，于是他回到房间拿出自己的衣柜钥匙。更令他感到意外的是，他发现可以用自己的钥匙打开迪克的抽屉。不过事情不是很顺利，让他失望的是，里面没有现金，只有存折。要是拿存折去银行取钱，无疑是要冒点风险的。塔维斯犹豫再三，是拿还是不拿。思前想后，他最终还是选择冒险试试。

他把存折放进自己的口袋，然后锁上抽屉，把回来拿手帕的事忘得一干二净。然后他直接下楼，来到大街上。

塔维斯是能够当天就去银行取钱的，可他这一回去把工作时间耽搁了不少，所以他不想冒险耽搁得太久。再说，他对银行取钱的事一点都不清楚，也从来没进银行存过钱。应该小心为上，还是等了解怎么取钱的一些手续和方法后，再取为妙。就这样一天过去了，迪克的钱还是安全地放在银行里。

到了晚上，塔维斯想知道迪克有没有察觉存折不见了，于是就出现了刚才一幕。看到他们俩那么安然，他还相信，以为他们还没发现存折丢了呢。

塔维斯心满意足地想："太棒了，如果他们24小时以内还不知道，那就太晚了，我也就没事了。"

也有可能两个男孩第二天早上会在出门之前发现这件事情。塔维斯想到明天早上去看看。第二天早上，他没出去，一直待在房间里，一听到两个男孩出门的声音，马上开门出来。

"早上好呀！绅士们，去工作吗？"他很友好地说。

迪克回答："是的，我们不早点去守着，伙计们就会偷懒了。"

塔维斯说："那是开玩笑吧！如果你给的工资稍高一点，我也给你干，怎么样？"

迪克说："赚多少给你多少吧，你的工作还好吗？"

"一般。你们有时间到我的酒吧喝酒吧？"

迪克说："我晚上的时间都用来学习文学和科学了。不过，还是要谢谢你的邀请。"

塔维斯想换个话题，于是就向弗斯迪克问道："你上班的地方在哪儿？"

"在百老汇大街的亨德森帽子店。"弗斯迪克说。

"我要是需要帽子的时候，就一定找你，我想，你会便宜点卖给你的朋友吧？"塔维斯说道。

"我会尽量公平的。"弗斯迪克的口气很平淡，他可不愿意让他的老板知道自己竟然有像他这样猥琐的朋友。

塔维斯是真的从来没想过到百老汇大街去买顶帽子，他只不过是为了跟他们找话说。

他问道："你们看到一把手柄上镶着珍珠的小刀吗？"

弗斯迪克回答："没看到，你丢了一把刀吗？"

"是的，前两天我把它放在我的衣柜抽屉里，另外还不见了一些别的东西。我看布莱吉特总是鬼鬼祟祟的，大概是她做的。"塔维斯毫不脸红地说。

"那你打算怎么做？"迪克问道。

"这次就算了，要是再丢东西的话，我一定要找她算账，我要把她放在火炉上，叫她看看是什么滋味。你们那里有遗失什么东西吗？"

"没丢东西呀。"弗斯迪克很自然地回答。塔维斯听到这话，眼睛里露出欣喜的神色。

"他们现在还没察觉到呢，现在我就去银行取钱，就让这两个傻瓜哭去吧。"他想。

塔维斯已经达到他的目的，就对两个男孩说再见，然后朝着另一条街走去了。

"他怎么突然变得对我们那么友善，而且对我们这么多话了？"迪克说。

弗斯迪克回答："是啊，他要打听你有没有发觉存折丢了。"

"他还以为我们什么都不知道呢。"

"没错，我们骗过了他。他今天一定会去银行取钱的。"

"当然，迪克，你一定要在银行开门的时候去那儿。"

"当然，我会让塔维斯后悔这么做的。"迪克答应道。

"银行是10点钟开门。"

"我一定会准时到的。"

于是他们就各自走了。

"迪克，祝你好运。"弗斯迪克道别的时候说，"一切都会好起来的。"

"但愿如此。"迪克说。

迪克已经从沮丧的情绪中恢复了过来，他决心一定要把钱追回来。绝不能让塔维斯把自己给耍了。离银行开门的时间还有两个小时，迪克不想浪费那段宝贵的时间。这段时候是最多生意的。于是他朝着常到的地方走去，一连擦了6双鞋，赚了60美分。

接着，他在一家餐厅吃了早餐，时间已经是9点半了，迪克不敢再耽搁了，他把鞋箱交给了约翰尼·罗兰，然后马上往银行方向走去。

银行的员工还没来上班，迪克在门外等着。其实迪克还有些担心吉姆·塔维斯会看到自己在这里，会起疑心并且溜走的。可是，他把整条街都看遍了，就是看不到吉姆·塔维斯的踪影。刚好10点，银行一打开门，迪克就马上进去了。

由于这9个月来每个星期迪克都到银行来存一次钱，银行的出纳员已经熟悉迪克了。

"小家伙，今天你来得挺早啊，又来存钱了吧？你可以很快成为富翁了。"职员愉快地跟迪克打招呼。

迪克说，"不是来存钱的，我的存折被人偷了。"

"偷了？真是太不走运了。但是没关系，小偷是不能取到钱的。"出纳员吃惊地说。

迪克说："我正是为这件事来打听呢，我担心的是，他已经把钱拿走了。"

"要是他来过了，我会知道的。你的存折是什么时候不见的？"

"昨天，我晚上回家后发现的。"迪克说。

"你觉得有什么人可疑吗？"出纳员问道。

迪克于是告诉了他有关吉姆·塔维斯的事情，出纳员也同样认为迪克说得对，觉得塔维斯非常可疑。迪克还说塔维斯极有可能今天早上会来银行把钱取走。

出纳员说："很好，我们就等他来吧。你记得存折号是多少吗？"

"5678。"迪克说。

"现在，把那个塔维斯的样子给我形容一下。"

于是迪克描述了塔维斯的外貌，没说他一句好话。

"好了，我想我会认出他来的。放心好了，他不会拿到你的钱的。"出纳员说。

迪克说："谢谢您了。"

迪克的心情好多了，他觉得事情做妥当了，就没必要继续留在银行里守候着，就向银行大门方向走去。

在他要走出大门的时候，忽然透过玻璃看见吉姆·塔维斯正

在过街，显然是朝着银行这边走过来。

"他来了，可以给我个地方我躲一下吗？我不能让他看见我在这里。"迪克赶紧跑回去叫道。

出纳员立刻明白了怎么回事。于是就打开了一扇小门，让迪克躲到柜台后面。

他说："弯下腰，不要让他看见你。"

迪克刚弯下腰，吉姆·塔维斯就走进了银行的大门，他心虚地到处张望了一下，然后走到出纳员的柜台前。

第 **12** 章

塔维斯被捕

　　吉姆·塔维斯迟疑地走进银行。他自己也知道这件事情很不光彩。然而他犹豫了一下后，还是走到了柜台前，他把那个存折递给出纳员说："我要取钱。"

　　出纳员接过存折，看了看问道："您打算取多少钱？"

　　"全部。"塔维斯说。

　　"您可以取一部分，要是想全部都取出来的话，必须要提前

一个星期通知我们。"

"那我就取100美元吧！"塔维斯说。

"请问这个存折是您自己的吗？"出纳员问道。

"没错，先生！"塔维斯很痛快地说。

"您的姓名？"

"亨特！"

出纳员拿出储户名册，翻查起来。同时，他又暗示另一个年轻人去叫警察。塔维斯没有察觉到他们的这些举动，或者觉得那跟他无关。他不熟悉银行的业务，还以为出纳员这样磨蹭是正常的呢！出纳员假借查找他姓名的机会拖延了一段时间之后，又回到柜台前面，在桌上抽出一张纸递给塔维斯，说，"先生，现在请您填写一下您的取款单。"

塔维斯在柜台边上拿过来一支笔，填好取款单，然后又模仿着存折上的名字也签下了"迪克·亨特"。

"您的名字是迪克·亨特？"出纳员接过纸，透过鼻梁上的眼镜又一次打量着塔维斯。

"是的。"塔维斯立刻回答。

"可是，"出纳员继续说，"存折上写着亨特的年龄是14岁，但是您看上去可不像是14岁啊。"

塔维斯很想说自己只有14岁，可是他毕竟已经23岁了，而且还留一把大胡子，根本不可能像14岁，于是他明显地开始紧张起来。

"迪克·亨特是我的弟弟，我是来替他取钱的。"他说道。

"我记得您刚才说您自己的名字叫迪克·亨特呢？"出纳员问道。

"我说我的名字叫亨特，我真不明白你是怎么搞的。"塔维斯突然灵机一动，又顺口胡说道。

"那您签的名字却又是迪克·亨特，这个又怎么解释呢？"出纳员还是继续追问。

塔维斯发现自己现在的处境越来越狼狈了，但是他克制着自己尽力保持着镇静。

"我以为应该签我弟弟的名字。"他回答。

"您的名字是什么呢？"出纳员又问道。

"亨利·亨特。"

"先生，您能够找来人证明您所说的这些话吗？"

"当然，我可以找来一堆人。把我的存折还给我吧，我下午再过来好了。我不知道取一点钱会这么困难。"塔维斯说。

"等等，请问你弟弟为什么不亲自来取呢？"

"他病了，得了麻疹。"塔维斯说。

出纳员示意迪克站起来。迪克听话地站了起来。

出纳员指着迪克说："您的弟弟现在康复了，我想您一定很高兴吧。"

塔维斯看见迪克竟然也在这里顿时又惊又怕，明白一切都完了，赶忙向门口逃去，这个时候还是安全为上。可是就在这时候，一个健壮魁梧的警察已经抓住了他的胳膊："伙计，跑这么快干吗，我等你半天了。"

塔维斯挣扎着喊道："放开我！"

警察说："哦，真是抱歉，我无法满足你的要求，你最好别乱动，不然我会伤到你的。"

塔维斯只好听天由命。他狠狠地瞪着迪克，认为自己的不幸都是迪克搞出来的。

出纳员把存折递给了迪克说："这是你的存折，要取钱吗？"

"我想取2美元，"迪克说。

"好吧，那你过来填一下单子吧！"出纳员说。

这时，迪克看着被警察抓住的塔维斯，有些不忍心，于是他走到警察的面前说："您可以放他走吗？我已经拿回了自己的存折，我不想让他被捕。"

警察说："抱歉，我不能答应你，我无权那么做。他必须接受审判。"

迪克说："对不起，塔维斯，我的确没想到你会被捕，我只想拿回自己的存折。"

"你这个混蛋！等我出来以后，看我怎么收拾你！"塔维斯歇斯底里地咆哮着。

警察说："你不必同情他，我现在也认出他来了，他以前就在岛上待过。"

塔维斯疯狂地叫喊道："你在撒谎！"

警察说："别这么吵，朋友，要是你在这儿没有别的事情的话，我们还是走吧！"

警察把小偷带走之后，迪克取了2美元就离开了银行。虽然塔维斯偷了他的钱，而且还咒骂他，可他还是忍不住同情他，总觉得都是因为自己他才被捕的。

迪克想："我一定要把存折保存得更好，现在我要去找汤姆·维尔金了。"

现在，我们可以交代一下塔维斯后来的情况吧。他得到了应有的审讯，偷窃罪名成立，被判到岛上服役9个月。期满获释后，他找了个机会搭乘一艘船去了旧金山。从那以后，再也没人知道关于他的任何消息，而他当初威胁迪克的话也无法兑现了。

回到市政厅公园以后，迪克很快就找到了汤姆·维尔金。

"你好吗，汤姆？你妈妈怎么样？"迪克问道。

"她好多了，迪克，谢谢你。她本来也一直担心被赶到大街上去的，不过我昨天把你借给我的钱交给她以后，她就感觉好多了。"

"我又给你带了点钱过来。"迪克说着从他的口袋里掏出了2美元。

"我不能向你再要钱了，迪克。"

"没关系，汤姆。"

"可你自己也需要用钱啊！"

"我自己还多着呢。"

"1美元就够了。只差1美元就可以付清房租了。"

"你可以买些吃的啊！"

"你真好，迪克。"

"这其实也没什么，反正我就一个人，没什么牵挂。"

"好吧，为了我妈妈，我就收下你的钱。要是你有什么要我帮忙的话，就尽管来找汤姆·维尔金吧。"

"好的。下个星期要是你妈妈的病仍然不见好的话，那我就再给你一些吧。"迪克说。

汤姆感激地谢过了我们的主人公。迪克在离开的时候，感到这一慷慨的行为给自己带来的极大快乐。迪克天性就比较慷慨，可在我们把他介绍给读者以前，他的慷慨只不过用来请朋友吃牡蛎、抽雪茄什么的。有时候，他也请朋友跟他一起上剧院。可这些事情并没有给他带来像今天这样的快乐和自我满足。能够帮助一家人从困境中解脱出来，他觉得自己的钱花得真是地方。当然，5美元对迪克来说也不是小数目，他要花上一个多星期才能攒到这么多的。但是迪克还是觉得很值得，毕竟这是正经事。而且他还决定，要是汤姆的妈妈病还没好的话，他就会继续帮助他们。

另外，迪克也为自己的财力感到骄傲。要是在一年前的话，就算他再想帮助别人，也不可能拿出5美元。当时他身上现金最多的时候也没超过1美元。总之，在各个方面，迪克都开始从自我约束和节俭中受益匪浅。

读者们也许还记得，当初惠特尼先生跟迪克分手的时候，曾经给了他5美元，让他有朝一日也能帮助和他一样奋斗向上的孩子。现在迪克回忆起来，不由感叹自己只是在兑现以前的一笔旧债罢了。

晚上，迪克向弗斯迪克宣布了他夺回存折的喜讯，并且描述了当时的情形。

弗斯迪克说："你真幸运，迪克！我想我们最好不要再信任什么衣柜抽屉了。"

"要不然我把存折带在身上好了。"迪克说。

"我也是，只要我们还待在莫里夫人这里，就该小心些。不过我真希望我们能换个更好的地方住。"弗斯迪克说。

"我要去跟莫里夫人说一声，让她别等塔维斯回来了。可怜的家伙，我倒有些同情他呢。"迪克说。

塔维斯从此再也没有在莫里夫人的公寓里出现了。由于他还欠莫里夫人两个星期的房租，所以莫里夫人并不觉得他可怜。他的房间也很快就租给了另外一个看起来更可靠的人，而这位新房客也不像塔维斯那么麻烦。

就在迪克拿回存折一星期之后，一天晚上，弗斯迪克从外面带回来一份《太阳日报》。他进门就问："迪克，你的名字被登在报纸上了，你知道吗？"迪克此时正在那里忙着洗掉手上的污渍，听到弗斯迪克说话，他马上回答道："哦，没有啊，怎么了？他们是不是打算让我当纽约市长啊？要是那样的话，我肯定不会同意的，因为那样的话我就没时间做生意了。"

弗斯迪克说："虽然你将来很有可能做市长，不过他们现在并没有选你。你还是过来看看吧。"

于是，迪克把手擦干，接过了报纸，顺着弗斯迪克指的地方，在信件广告一栏里看见了他的名字"穿破衣服的迪克"。

"天哪，"他说，"你觉得那是我吗？"

"除了你，我并不认识别的穿破衣服的迪克，你认识别的叫这个名字的人吗？"

"我当然也不认识了，现在肯定就是指我了。但是我的确想不出有谁会给我写信。"

弗斯迪克想了一会儿，提醒说："迪克，你说会不会是弗兰克啊？他以前说过要给你写信的。"

"是的，他也挺希望我能给他写信。"

"那弗兰克他现在在什么地方啊？"

"哦，他说他要去康涅狄格州念寄宿学校，那个城市的名字叫巴恩顿。"

"要是这样的话，信很可能就是他写的了。"

"我也希望是他，弗兰克是个非常优秀的男孩，就是他让我感觉到无知是一件值得羞耻的事。"

"你明天早上就去邮局吧，把信取出来。"

"要是他们不给我信呢？"

"明天你把以前的那件破衣服穿上，这样他们就不会怀疑你不是穿破衣服的迪克了。"

"好吧，让我再穿上那样的衣服，我都会感到难堪了。"

"没事的，你只是去取封信而已，穿上他就像你有了合法的身份一样，也许只需要穿一天，或者是一个上午罢了。"

"没事的，只要能拿到弗兰克的信，做什么都可以的，其实

我也真的很想见他。"

第二天早上，迪克又重新穿上了他以前的那件"华盛顿"的大衣和"拿破仑"的裤子。虽然破旧，不过，他还是一直小心保存着这些衣服，究竟是什么原因连迪克自己也说不清楚。

穿上衣服后，迪克在衣柜上的那面镜子前照了照。面对镜子中的这副尊容，迪克觉得非常别扭，甚至感到羞耻，毕竟好长时间没打扮成这个样子了。随后他在出门的时候，还小心翼翼地往走廊四处张望了一下，生怕别的房客看见他现在这副模样。

他趁着没人注意，赶紧溜到大街上，然后给两个很早来市区上班的先生擦完皮鞋后，他赶紧向拿骚街的邮局走去。他看到邮局里一个注明为"广告信件"的隔间，便走到柜台窗口前，对里面说："有我一封信，我看了昨天的《太阳日报》上登了广告。"

"那你叫什么名字？"里面的职员问道。

"穿破衣服的迪克。"迪克回答。

"你的这个名字真的挺有意思的。"职员好奇地打量着迪克说道。

"要是您不相信的话，看看我穿的衣服就知道了。"迪克说。

职员笑了起来："这倒是个很好的证明啊！看你穿的样子，

你应该叫这样的名字。"

"这也算是叫作名副其实吧。"迪克笑着说。

"你认识康涅狄格州巴恩顿市的人吗？"职员找到了那封信，然后问道。

"我有个朋友在那儿上寄宿学校。"

"哦，这封信的笔迹看起来像是个男孩子的，肯定是你的信了。"职员说。

信从柜台窗口里面递了出来。迪克既迫切又小心地把信接过来，急忙撕开信封读了起来。

这是一封来自康涅狄格州巴恩顿市的信，信的开头是：

亲爱的迪克：

请原谅我用"穿破衣服的迪克"这个名字来称呼你，因为我既不知道你姓什么，也不知道你住在哪里，你很可能会收不到我的信，但愿你能够收到。我时常想起你，很想知道你现在怎么样了。

我还是先来说说我的一些情况吧。巴恩顿是一座非常美丽的乡村城市，离哈特福德只有6英里远。我所在的学校校长名叫伊基尔·穆勒先生。他50来岁吧，是在耶鲁大学毕业的，他自从毕业后一直都在当老师。我们学习的地方是一个很

大的两层楼的房子，里面还有许多整洁的卧室供我们这样的学生住宿。这里的学生大概有20个人，另外还有一个助理老师，他教英语，而穆勒先生（我们背地里都叫他老伊基）则教我们拉丁语和希腊语。这两门语言现在我都在学，因为我爸爸希望我将来能上大学。

不过我想你对我们的学习情况未必会感兴趣，那我就告诉你我们平时的一些业余生活吧。穆勒先生有50英亩的土地，所以我们有足够大的空间来进行娱乐活动。离教学楼大约四分之一英里远的地方，有一个很大的池塘。池塘上面有一条结实的圆底小船。每周三和周六的下午，要是天气好的话，我们就会划船。助理老师巴顿先生跟我们一起去，以便照看我们。夏天的时候，我们可以下去游泳，而冬天的时候，我们还可以在上面滑冰。

除了这些，我们还常常打球，并且进行各种各样的体育运动。因此，虽然我们学习得很紧张，但我们的日子过得很快乐。我的学习成绩还算不错，不过我爸爸还没有决定送我去哪里上大学。

我真希望你也能到这里来，迪克。有你这样的朋友做伴，我一定会非常高兴，而且我也希望你能受到好一点的教育。我认为你是一个天资聪颖的男孩，但我想你为了谋生，恐怕很难有机会来学习。我希望自己能有几百美元，这样的话就可以让你也来这儿，和我们一起上学了。请你相信，如果我有机会，一定会帮助你的。

现在我必须要跟你说再见了，因为明天还要交一篇作文呢。这篇作文的主题是谈谈自己对华盛顿的性格与人生的理解。我在作文里也许会说，我的一个朋友有华盛顿的一件大衣。可是，我想，那件大衣现在已经穿得很旧了吧。你知道吗？我一点也不喜欢写作文，倒宁愿写信。

这封信写得比我预料的还要长，真希望你能收到这封信。如果你收到的话，一定要尽快给我回信。我是不会介意你那像"鸡爪子"一样的字体的。

再见了，迪克。你一定要经常想念我这个真诚的朋友。

弗兰克·惠特尼

迪克一口气看完了这封信，有人在远方想着自己的确是件值得高兴的事情，更何况迪克在这个世界上几乎没有比自己出身好的朋友，所以这封充满关怀的信对他来说更是视为珍宝了。而且，这封信对迪克的意义也是非常重大，这毕竟是自己有生以来收到的第一封信。当然，要是这封信在一年前寄给他的话，那他是一点也看不懂的。可现在不同了，他不仅能够顺利地读信，而

且还能写得一手好字呢。

信中最让迪克感动的就是弗兰克说，如果他有钱的话，一定会帮助迪克接受跟他一样的教育。

"他真是个好伙伴，我真希望还能再见到他。"迪克说。

迪克之所以如此迫切地想见到弗兰克，一是因为能见到老朋友自然是很值得高兴的事；另外，他也非常想让弗兰克看看自己在学习和生活上发生的这些变化。

"他一定会发现，我比上次跟他见面的时候，更加令人尊敬了。"迪克暗自想着。

迪克走到了普林顿广场，在斯普鲁斯大街的拐角边上，"论坛"办公室附近，正站着他的死敌，米奇·麦吉尔。

我们知道，米奇对那些生活境遇跟他类似，但却比他穿得好的人天生就有一股敌意。过去的9个月里，迪克总是很干净整齐，使得米奇心中有种莫名的怨恨。他觉得一个擦鞋匠，整天弄得那么干净，根本就是在装腔作势地炫耀自己，是一种优越感的卖弄。所以他讽刺迪克是一个想做"酷哥"的人。

现在，他看到迪克又穿回了那身和自己差不多破烂的旧衣服，米奇感到有些惊讶。一下子又让他产生了一种胜利者的优越感。他觉得，迪克的"傲气终于被自己打下去了"，因此他忍不住想过去提醒迪克一下。

"你这身衣服真不赖啊。"当迪克走到身边的时候，米奇酸溜溜地说。

"当然了，我是雇了你的裁缝师为我做的。要是我的脸再脏一点儿的话，人家肯定会把我们俩当成双胞胎呢。"迪克立刻回答。

"你现在怎么不想当酷哥了呢？"

"哦，因为现在是个特殊的时刻嘛，我想领导一种潮流，所以就特意穿上了这身礼服。"

"我才不信你有更好的衣服呢。"

"你不信也没关系。"

一个顾客招呼米奇给他擦鞋。于是，迪克回到房间换了衣服，又重新回到街上照顾生意去了。

第 13 章

迪克第一次写信

晚上，等弗斯迪克到家后，迪克自豪地把这封信拿给他看。

"这封信写得真是感人，我也想认识弗兰克。"弗斯迪克读完后说。

"我保证你肯定能认识他的，他的确是个好人。"迪克回答。

"那你什么时候给他回信呢？"

"我还不知道呢，我从来没有写过信。"迪克有些犹豫地说。

"那可不是理由，迪克，你知道，任何事都有第一次。"

"可我不知道回信该说些什么啊！"

"那样，只要坐到桌子前，你铺好纸，你就会发现你有很多话要说。今天晚上你不用学习了，就给他写信吧。"

"那好吧，等我写完以后，你再帮我看看，改一改吧。"

"如果有必要的话当然可以了，不过我想，弗兰克肯定更喜欢看你自己写出来的原汁原味的东西。"弗斯迪克答应道。

迪克对自己能否写出一封很好的信实在没有把握。他把写信当作一件很严肃的事情。其实，写信只不过就是在纸上说话，但迪克却没有想这些，总是有些顾虑。当然他也很希望弗兰克能够及时收到他的信，于是经过各种各样的准备，他终于坐下来开始写信。花了整整一个晚上的时间，才把信写好。下面就是迪克有生以来写的第一封信：

亲爱的弗兰克：

今天早上我收到了你的信，非常高兴你还记得穿破衣服的迪克。不过，我现在已经不像原来穿得那么破旧了，华盛顿大衣和拿破仑裤子早就不穿了。只是在取信的时候，为了让

邮局的人能确信我就是名副其实的穿破衣服的迪克，才特意穿上了那些衣服的。在回来的路上，我还碰见了一个好朋友米奇·麦吉尔，他为此还特地祝贺我比以前更会穿衣服了。

还有，我再也没有在大木头箱子和旧马车厢里睡过觉了，因为我发现这些地方并不适合我。我在莫特大街租了一个房间，而且还请了一个家庭教师，他和我住在一起，每天晚上都教我读书。莫特大街虽然谈不上很舒适，但是在第五大道的房子还没修好前（要等它修好的话恐怕头发都要等白了），只好先将就点了。我擦鞋的生意还算不错，现在已存了100美元打算买房子呢。我从来都没有忘记你和你叔叔对我说过的话，我长大后一定要当一个受人尊敬的人。我已经不到托尼·帕斯托俱乐部和百老汇去了，我宁愿把这些钱存起来为将来养老。我想等我将来老了以后，就从擦鞋的行当里退休，再找些轻松的事干，比如摆个苹果摊或者卖花生等等。

经过近一年的学习，我的阅读水平提高很快，现在读书已经能读得很流畅了，我的家庭教师也是这么说的。而且我的进步非常惊人，非常难辨别的名词和连词，我站在500米以外都能把它们区分得很清楚。告诉你们的穆勒先生，要是你们学校缺一个优秀的老师的话，让他尽管来找我吧，我可以坐下一班火车尽快赶到。或者，要是他打算把你们的学校以100美元的价格卖掉的话，我也可以全部买下来，保证在9个月内就把我的全部知识教给那些学生。顺便问一句，教书有没有擦鞋挣的钱多啊？你知道吗，我的家庭教师赚钱的速度越来越快了，要是他能多活几百年的话，很快就会像阿斯托那么富有了。

　　我知道你在学校肯定过得很好。我也希望能够跟你一起去划船、打球什么的。你下次会在什么时候来纽约？来之前一定写信告诉我，我一定会去见你的。到时候我会把手头上所有的工作都让底下的那些雇员去做，然后陪着你到处逛逛。纽约又增添了很多你上次没见过的东西。中央公园修得不赖，看上去比一年前强多了。

　　我对写信还没有习惯，这也是我长这么大写的第一封信。如果有什么语法或词汇错误的话，还望你能多多包涵。希望很快又能收到你的回信。我的信虽然写得没有你好，可我一定会努力写好。再见，弗兰克，谢谢你对我这么好。下次写信的话可以寄到莫特大街第××号。

　　　　　　　　　　你真诚的朋友迪克·亨特

迪克好容易写完最后一个字，然后靠在椅子上，又满意地浏

览了一遍自己的大作。

他对弗斯迪克说："我从没想到自己还会写出这么长的一封信，弗斯迪克。"

"写信时要注意语法，迪克。"弗斯迪克建议道。

"我的信里肯定有很多错误，你来帮我看看。"

弗斯迪克拿过信，仔细地读了一遍说道："的确是有点小错误，不过这才是你真正的风格嘛，我看还是就这样原封不动好了。这会让弗兰克想起来他跟你在第一次见面时的情形。"

"这封信写成这样，可以寄出去吗？"迪克有些焦急地问。

"当然啦。在我看来，这还真是封很不错的信呢。看这封信就好像在听你说话一样，除了你，没人能写出这样的信来，迪克。我猜啊，要是弗兰克读到你要求到他们学校去教书的建议的时候，肯定会笑破肚皮的。"

"哦，也许我们在莫特大街开办一所学校倒是个不错的主意呢，我们把这所学校取名叫作'弗斯迪克教授和亨特教授的莫特大街学院'，亨特教授专门讲授擦鞋艺术。"迪克笑着说。

夜很深了，迪克只好等到第二天再把信重新抄写一遍。这次，迪克写得非常认真，整封信看起来工整漂亮，根本看不出这居然是他第一次写的信。抄写完毕后，迪克又看了一遍。可以想象，他为自己的杰作感到由衷的骄傲，毕竟对他来说已经算是很了不起的成绩了。迪克揣着信来到邮局，亲自把信投进了邮箱，然后准备回家。刚走上邮局大厦的台阶时，正好碰见了约翰尼·罗兰，他刚刚帮一位先生送信到华尔街，现在正往回赶。

"迪克，你来在这儿做什么呢？"约翰尼问道。

"哦，是这样的，我刚刚寄了一封信出去。"迪克回答。

"谁派你来寄信的啊？"

"没有谁呀！"迪克有些好奇地说。

"哦，迪克，我的意思是，是谁写信让你来寄的？"约翰尼解释道。

"是我自己写的信。"

"什么？你会写信？"约翰尼吃惊地问道。

"呵呵，我为什么不会？这有什么奇怪的呢？"迪克看着他吃惊的样子反问道。

"哦，我不知道你会写信，而我就不会写信。"

"那你应该念书。"

"我上过学，可实在太难学了，所以我就放弃了。"

"那是你不用心，这就是你不会写信的原因，约翰尼。你要是不努力的话，怎么能学到东西呢？"

"我不会学习的。"

"只要你想，你就会学。"迪克强调说。

约翰尼·罗兰和跟迪克的观点不同。他是个脾气很好的男孩，个头挺高，也没什么不良习惯，可就是缺乏上进心，不大勤奋。而迪克就不一样了，他是不会满足于现状的。对一个在大都市里生存的流浪儿来说，他必须时刻保持着警惕，调动所有的机智，不然的话，他就会被比他更有进取精神的竞争者排挤在后面，连生存都会成为问题。按理说，一个擦鞋匠要取得成功，其实和所有其他行业的人一样，都得遵循一定的法则。现在看来，除非天上掉下个馅饼，否则约翰尼永远也难以翻身了。而对迪克，我们则可以对他的未来充满期待。

迪克现在每天都在为找工作而忙碌，他想到一家商业公司或者会计所里谋得一个职位。他每天都会用一半的时间来擦鞋，它毕竟是份回报优厚的工作。他现在每天只需要工作半天就足以支付他日常必需的开销了，包括房租、伙食等等。虽然弗斯迪克一再要求自己承担他的那一半房租，可迪克始终不答应，他把这作为对弗斯迪克教他学习的回报。

在迪克和弗斯迪克朝夕相处的日子里，他的生活方式也变了很多。迪克还改掉了很多自己平时惯常使用的粗俗俚语。当然，迪克也经常故意用这些俗语来开开玩笑，像他这样的人，其实是非常喜欢开玩笑的。此外，在言行举止方面也取得了不小的进步，他比最开始登场的时候更加讨人喜欢了。

然而在最近一段时期，整个纽约的经济非常萧条，许多店铺不仅没有招聘新人，反而还在不断裁员。所以迪克求职的失败也是必然的，于是他觉得自己最好还是继续干擦鞋的老本行为妙，找工作的事，干脆等到经济形势好转以后再说。也就在这个时候，发生了一件事情，一下子使得迪克的命运出现了新的转机。

迪克因为拥有100多美元的存款，他觉得自己在同龄人中算是比较富有的了，于是他决定给自己放假，来一次短途的旅行。在一个星期二下午，亨利·弗斯迪克被他的老板派去绿林公墓附近的布鲁克林办事。于是迪克也穿上自己最好的衣服，陪同弗斯迪克一同前往。

他们一起来到南边的渡口，每人付了2美分，上了渡船。他们站在船尾，靠着扶手旁边，看着纽约从他们的视线中渐渐远去。他们的旁边站着一位绅士和两个孩子：一个8岁的女孩和一个6岁的男孩。两个孩子正兴致勃勃地对他们的父亲说着什么。这位父亲指着远方的景物让小女孩看，而那个调皮的小男孩却趁人不注意，偷偷地翻过渡船的安全铁链，走到船舷上，不料一脚踏空，掉进了水里。

听到小男孩的尖叫，父亲急忙转过身来，冲到船舷边。他很想跳进水里救自己的孩子，可他不会游泳，他知道自己跳进去不仅救不了小孩的命，恐怕连自己的命都会送掉。

"我的孩子！谁能救救我的孩子？谁能救我的孩子，我给他1000，不，1万美元！"他焦急地大声呼叫着。

不巧的是当时船上乘客非常少，而仅有的几位乘客都离事发地点很远，他们有的待在船舱里，有的待在船头。而迪克他们却正好站在船尾。

游泳对迪克来说那可是太好玩了，他水上经验相当丰富。他正好看见小男孩掉进水里，还没等小孩的爸爸做出反应的时候，迪克就一头扎进水中，向落水的小孩那儿游过去。其实，在这千钧一发的时刻，迪克根本就没听见小孩的爸爸说些什么，自然也不知道他开出的重赏了。说实话，迪克绝对不会只因为那诱人的悬赏才决定去救人的。

在迪克跳进水里的时候，小男孩约翰尼的头冒出来又沉了下去。迪克不得不费劲地钻到水面下去找他。幸运的是，他很快就摸到了他。但是这时小男孩又开始往下沉，迪克只好紧紧地抓住他的上衣往上拖。迪克是个强壮结实的男孩，可是被这个小男孩抓得太紧了，这使得迪克很难支撑自己的身体。

"抱着我的脖子。"迪克说。

小男孩机械地听从了迪克的指挥，由于内心的恐惧，他紧紧地抱住迪克的脖子。这样一来，迪克的感觉明显好多了，总算能够控制自己的身体了。可是由于水流湍急，渡船根本停不下来，迪克当然是追不上渡船了。站在船上的父亲看到这种情形，脸都吓白了，他眼看着迪克在水里奋不顾身地救人，不禁紧张得双手紧握，焦急地祈祷上苍，但愿迪克能够安然脱险。现在渡船已经到了水的中央，而迪克和他奋勇搭救的小男孩也眼看就要沉下去了。万幸的是，附近水上正好有一艘划艇。划艇上的两个男人也都看到了这一切，于是赶紧划过来搭救。

他们一边大喊，一边用力地划着桨："再坚持一会儿，我们过来救你们啦！"

迪克听到了喊声，又有了求生的欲望和力量，于是他又开始奋勇地与海水搏斗，等待着慢慢靠近的划艇。

他说："抱紧我，小孩，有艘划艇来救我们啦。"

小男孩因为非常惊骇，所以他一直紧闭着双眼也没有看见划艇，不过这句话他总算听明白了，于是紧紧抓住了迪克。经过漫长而费力的一阵挣扎之后，划艇终于来到了他们身旁。一双强有力的手臂抓住了迪克和小男孩，把他们拖进了划艇，两个人现在都成了落汤鸡。

"感谢上帝！"站在渡船上焦躁不安的父亲看见自己的儿子被救后，终于松了一口气，暗自说："就算是倾家荡产，我也要感谢那个勇敢的男孩。"

划艇上的一个男人说："真的好险啊，小伙子，对你来说，

这样的举动可不容易。"

迪克说："是的，我也有些害怕呢。要不是你们的话，我们都要完了。"

划艇上的男人说："不过，你真是个勇敢的孩子，刚才真是太危险了。"

迪克谦虚地说："我的水性很好，救他的时候根本没想太多的，也就没有想到会有危险，我只是不愿意看着一个小孩落水而自己却袖手旁观。"

划艇这时候也到达了布鲁克林码头的岸边。整个营救的过程描述起来惊心动魄，其实都不过是瞬间发生的事情。

小孩的父亲站在码头上迎接他的儿子，他感激和欣喜的心情，我们是不难想象的。他紧紧地抱住了自己的儿子，立刻热泪盈眶。迪克正打算悄悄离开的时候，却被这位父亲发现了，他立刻放下孩子，来到迪克的面前，握住迪克的手，感激地说："勇敢的孩子，我永远也报答不了你的恩情。要不是你救了我的孩子，真不敢想象会发生什么样的悲剧，想起这些我就会痛苦得发抖。"

迪克本来可以和平时一样对答自如，可是受到这样的表扬之后，却尴尬得不知说什么好。

他谦虚地说："没什么的，我游泳的技术可是一流的。"

　　这位绅士说："一般人可不会冒着生命危险去搭救一个陌生人的。你们穿着湿衣服肯定会感冒的。我有个朋友刚好在这附近，你们可以到他家去，把湿衣服烘干再走。"他看见迪克滴着水的衣服，突然转念一想说道。

　　迪克一向都认为自己身体很好，不会感冒的；可他的伙伴弗斯迪克听这位绅士这么一提醒，还真有些担心起来，就劝说迪克接受他的建议，迪克只好答应了。于是，这位绅士花了比平时贵几倍的价钱，才租到一辆马车，请两个湿漉漉的男孩坐了进去。马车载着他们飞快地来到了附近一条街上的一栋漂亮的大房子前面，两个男孩脱下衣服，躺到了床上。

　　"我还真不习惯这么早上床，这真是我最奇怪的一次旅行经历。"迪克躺在那里想着。

　　和所有活泼好动的男孩一样，迪克也不愿意整天躺在床上。大约一个小时后，房门打开了，一个仆人走了进来，给迪克带来一套非常漂亮的衣服。

　　仆人对迪克说："您可以穿上这些衣服，要是您愿意的话，还可以多睡一会儿。"

　　"这是谁的衣服啊？"迪克问道。

　　"先生，这是您的衣服。"仆人说。

　　"我的？你弄错了，我没有这样的衣服啊！"迪克说。

"哦，我应该解释一下的，这是罗克韦尔先生派我专门给您买的，它的尺寸和您弄湿的那套是一样的。"仆人解释道。

"那他现在也在这里吗？"迪克问。

"哦，他们不在了。他给自己的孩子也买了一套，他们现在已经回纽约去了。这是他让我交给您的字条。"

迪克打开了字条，念道：

你的恩情我永远无法报答，请接受这套衣服作为我报答你的第一份礼物。我已经让人把你的衣服烘干，以便你取回。明天早上你能否赏光到我的会计事务所来一下，我的办公室在珍珠街第×号。

你的朋友詹姆斯·罗克韦尔

第 14 章

走向成功

看完字条后，迪克穿上了这套新衣服，满意地看着镜子里面的自己。这是他有生以来穿过的最好看的衣服了，而且还非常合身，就像是专门为他定做的一样。

"他对我真好，其实没必要为我买这么好的衣服。我现在真是好运不断啊！跳水救人看来比擦鞋的回报丰厚多了，可我至少一个星期之内不想再干同样的事了。"迪克对自己说道。

第二天早上11点钟的时候，迪克来到了罗克韦尔先生说的珍珠街的办公室。他发现自己站在一幢豪华的商业大厦面前，会计事务所在一楼。迪克走了过去，看见罗克韦尔先生正坐在办公桌前。这位绅士一看见迪克就马上站了起来，热情地与迪克握手。

他说："我年轻的朋友，你帮了我这么大的忙，我希望自己能为你做些什么来作为回报。跟我说说吧，你对将来有些什么打算？"

于是迪克坦白地告诉了罗克韦尔先生自己的历史，包括自己最近想到店里或者会计事务所里找份工作，却屡遭挫折的遭遇。他认真地听着迪克的叙述。当迪克讲完的时候，他递给迪克一张纸和一支笔说："请把你的名字写在纸上好吗？"

迪克流利地在纸上写下了他的名字"理查德·亨特"。我们知道，他的字现在已经大有长进，所以迪克写字的时候一点儿都没感到局促。

罗克韦尔先生满意地看着迪克的字。

他问迪克："到我的会计事务所来工作怎么样，理查德？"

迪克真想大叫"太棒了！"但他还是尽力克制着自己，说："我很愿意。"

"我想算术你应该懂一点的，是吧？"罗克韦尔先生问道。

"是的，先生。"迪克回答。

"我给你每周10美元的薪水怎么样？要是你没什么意见的话，下周一早上就可以来上班了。"

"10美元！"迪克重复着这个数字，他的确感到有些意外。

"是的，你觉得够吗？"罗克韦尔先生问道。

"我的意思是说，我的工作是值不了那么多钱的。"迪克老实地回答。

罗克韦尔先生微笑着说："刚开始可能是这样，但是我愿意这么做。而且我也相信，你很快就会有进步，一定无愧于这份薪水的。"

迪克听到这些话，非常高兴，差一点儿又把那些早已淡忘的粗鄙俚语脱口说出，要是那样的话一定会把罗克韦尔先生吓一跳的。可他还是很好地控制住了自己的情绪，说："先生，我一定会加倍努力的，你雇用了我一定不会后悔的。"

罗克韦尔先生鼓励着说："祝愿你能够早日成功，那我就不再留你了，因为我还有些很重要的事情要做。我们下星期一早上见，好吗？"

"好的，再见，先生！"迪克说。

就这样迪克走出了会计事务所。突如其来的戏剧性变化使迪克的命运发生了很大的转折，他兴奋得觉得自己好像在梦中一样。一周10美元的薪水对他来说可是一笔不小的财富，足足是他

预料中的三倍。要是在昨天的话，哪怕能找到一份每周3美元的工作他都会非常兴奋的。现在他又想起自己现有的几套衣服，有了这些衣服他就省去一大笔钱，而且可以让他过得比原来更好，他在银行里的存款不仅不会减少，而且还会稳步增加。现在他真的可以开始过上一种崭新的生活了。一年以前，他还是个文盲，只能在运气比较好的晚上才能找到一个废弃的马车厢或者在某个门廊里睡上一觉，而现在，他的前途一片光明，远大前程展现在他的面前。迪克长期以来"要过受到人们尊敬的生活"的梦想看来真的有望实现了。

"我希望弗斯迪克也能和我一样幸运，"他想。他决定帮助他的这位老师朋友。

当迪克回到家里的时候，发现房间里已经有人来过，而且还有两件衣服不见了。

他大叫道："天哪！是谁偷走了我的华盛顿大衣和拿破仑裤子，难道还要拿这样时髦的衣服去展览不成？"

不过迪克并没有为这个意外损失而伤心落泪，就他目前的情况来说，这么破旧的衣服他以后再也用不着了。后来迪克竟然看到这两件衣服出现在米奇·麦吉尔的身上，但究竟是不是这位可爱的小伙子自己来偷的，迪克也不能确定。不过迪克倒很乐意把那两件衣服弄丢。

这样一来，似乎意味着他与过去的流浪生活彻底决裂，而他再也不会回到以前了。迪克决心开始不断地上进，尽可能地去实现自己的梦想。

虽然现在时间还早，但迪克却不想再出去干活儿了。他觉得自己现在应该与擦鞋这个行当彻底地分手，把这些生意让给那些没有自己幸运的伙伴们去吧。那天晚上，他和弗斯迪克谈了很多很多。弗斯迪克为他的成功由衷地感到高兴，而他也告诉迪克一个好消息，他的薪水也涨到一星期6美元了。

"我觉得我们可以搬出莫特大街了，这房子又脏又乱的，我们完全应该找个更干净的地方住。"弗斯迪克继续说。

"好的，那我们明天就去找房子。既然我现在退休了，我就有更多的时间来找房子了。我打算把我的一些顾客也介绍给约翰尼·罗兰，他的生意不是很好，需要有人来关照他的。"

"那你的鞋箱和刷子也打算送给他吗，迪克？"

"不，我会买套新的送给他，我自己的这些我想留着做纪念，好让自己永远记住做流浪儿的时候，那时候我什么都不懂，从来没有想过要改变自己。"

弗斯迪克笑着问道："那么，你以前的名字是穿破衣服的迪克，那现在你的名字是什么啊？"

"哈哈，现在我的名字就是理查德·亨特先生。"迪克也笑

着回答。

　　"对，是一位走向成功的年轻绅士。"弗斯迪克补充道。

　　这位穿破衣服的迪克正如弗斯迪克所说的一样，他已不再是穿破衣服的迪克了。他在一步步地走向着属于自己的成功。

图书在版编目（CIP）数据

迪克的新衣：擦鞋童的成才之路 /（美）霍瑞修·爱尔杰著；刘楠译.
-- 南昌：百花洲文艺出版社，2017.1
ISBN 978-7-5500-1948-5

Ⅰ.①迪… Ⅱ.①霍…②刘… Ⅲ.①儿童小说－长篇小说－美国－现代
Ⅳ.①I712.84

中国版本图书馆CIP数据核字(2016)第254116号

迪克的新衣：擦鞋童的成才之路

[美] 霍瑞修·爱尔杰 著　刘楠 译

出 版 人	姚雪雪
特约编辑	周天明
责任编辑	王丰林
书籍设计	彭　威
制　　作	何　丹
出版发行	百花洲文艺出版社
社　　址	南昌市红谷滩新区世贸路898号博能中心20楼
邮　　编	330038
经　　销	全国新华书店
印　　刷	江西千叶彩印有限公司
开　　本	720mm×1000mm　1/16　印张　14
版　　次	2017年5月第1版第1次印刷
字　　数	130千字
书　　号	ISBN 978-7-5500-1948-5
定　　价	29.80元

赣版权登字　05-2016-338

邮购联系　0791-86895108
网　　址　http://www.bhzwy.com
图书若有印装错误，影响阅读，可向承印厂联系调换。